Mit sieben Jahren schreibt Édouard sein erstes Gedicht. Wie charmant! Die Familie ist entzückt. Von jetzt an ist Édouard der Dichter der Familie. Doch es kommt alles anders. Vergebens versucht er, diesen einen Moment reiner Liebe und Bewunderung wiederauferstehen zu lassen. Der Durchbruch als Schriftsteller will ihm nicht gelingen. Und schließlich muss er auch noch dabei zusehen, wie seine Familie nach und nach zerbricht. Noch einmal greift Édouard zu Stift und Papier. Nicht nur, um die Geschichte derer aufzuschreiben, die er liebt, sondern auch, um ihren Lauf zu verändern.

Grégoire Delacourt wurde 1960 im nordfranzösischen Valenciennes geboren und lebt mit seiner Familie in Paris. Sein Bestseller *Alle meine Wünsche* wurde in fünfunddreißig Ländern veröffentlicht. Im Atlantik Verlag erschienen von ihm zuletzt der Spiegel-Bestseller *Die vier Jahreszeiten des Sommers* (2016) und *Das Leuchten in mir* (2018).

Grégoire Delacourt

Der Dichter der Familie

Roman

Aus dem Französischen
von Tobias Scheffel

Atlantik

Die Originalausgabe erschien 2011 unter dem Titel
L'écrivain de la famille bei JC Lattès, Paris.

*Atlantik Bücher erscheinen im
Hoffmann und Campe Verlag, Hamburg.*

1. Auflage 2018

www.hoca.de www.atlantik-verlag.de
Satz: Pinkuin Satz und Datentechnik, Berlin
Gesetzt aus der ITC Garamond
Druck und Bindung: GGP Media GmbH, Pößneck
Printed in Germany
ISBN 978-3-455-00573-8

HOFFMANN
UND CAMPE

Ein Unternehmen der
GANSKE VERLAGSGRUPPE

Für Henry und Françoise; man weiß nie.

Ich war der Richtige zu wissen,
wie zerstörerisch Bücher sein können,
und doch kannte ich kein zuverlässigeres Mittel,
diejenigen, die wir am meisten lieben,
bei uns zu behalten.

Lionel Duroy, *Le Chagrin*

Siebzig

Mit sieben schrieb ich Reime.

Mama
du bist kein Lama
Papi
und du kein Okapi
Oma
du singst Paloma
Opi
alle machen Pipi

Mit sieben erlebte ich meinen ersten literarischen Erfolg. Die erwähnte Mama schloss mich in die Arme. Der Papi, die Oma und der Opi applaudierten.

Komplimente ertönten. Es wurde auf mich angestoßen. Bedeutende Worte wurden gesagt. Welch eine Begabung! Die hat er von seinem Großvater Pierre, der 1941 diesen so schönen Brief aus Mauthausen geschrieben hat. Ein Dichter. Ein siebenjähriger Rimbaud.

Eine Träne erschien auf der Wange meines Vaters; eine langsame, schwere Träne. Quecksilber.

Die Blicke veränderten sich. Das Lächeln dauerte an. Mit vier armen Reimen war ich zum Dichter der Familie geworden.

Mit acht hatte ich nichts mehr zu schreiben.

Die Anmut der weiblichen Reime, die ich dann näher

kennengelernt hatte, erlaubte mir eine Zeitlang, den anderen etwas vorzumachen. Ich sehe mich noch in der blassgelben Küche unseres Hauses in Valenciennes, in der Hand ein gefaltetes Blatt Papier und meine Eltern vor mir (was sich auf Papier reimt), die voller Bewunderung die Bestätigung der Dichtkunst und der Genialität erwarteten.

Ich glaube,
Dort oben auf der Gaube
Sah ich eine Taube

Meine Schwester begann zu schreien. Mein Bruder flog bis zum First des Buffets empor. Meine Mutter sprang auf und rannte zu den Schnitzeln, die gerade anbrannten.

Mein Vater dagegen rührte sich nicht. Ein seltsamer Schimmer leuchtete in seinen grünen Augen. Er nickte unmerklich mit dem Kopf. Heute weiß ich, dass meine Worte darin umherschwirrten.

Später, als ich im Bett lag, fragte er mich, ob ich das folgende, außerordentliche Wort kennen würde, das nur ein paar wenige Menschen aussprechen können, ohne zu stolpern. Jenes Wort, das den *Normalsterblichen* vom Dichter unterscheidet:

»Transsubstantiation.«

Mir verschlug es die Sprache.

»Das ist der Begriff, der die Verwandlung einer Substanz in eine andere bezeichnet. Der *Glaube* in deinem Gedicht ist die Religiosität. Über die Gaube richtet sie sich in die Höhe und verwandelt sich in die Taube, das Symbol des Heiligen Geistes. Wie bist du darauf gekommen?«

»Ich weiß nicht, Papa, das kam ganz von allein.«
Er gab mir einen Kuss auf die Stirn.
»Dann mach weiter. Lass die Dinge sich schreiben.«

Mit neun Jahren war ich einer von denen, die zu früh Talent hatten.

Erinnern Sie sich. Joselito. Heintje. Les Poppys. Paddy und Maite Kelly. Santiana. Kenji Swada.

Die Wörter nutzten sich ab, während ich älter wurde.

Ich hörte zum ersten Mal den Ausdruck *Strohfeuer* und begriff, dass Wörter, selbst wenn sie hübsch oder ländlich waren, grausam sein konnten.

Mit neun Jahren lernte ich den Niedergang kennen.

Schreibt Unsinn, kommentierte die Grundschullehrerin. *Einen pädagogischen Berater zu Rate ziehen.* Die Worte der Direktorin gaben mir den Rest. *Muss wiederholen. Eine Therapie in Erwägung ziehen.*

Als mein zehnter Geburtstag herandämmerte, versammelten meine Eltern sich zum Konklave.

Einen Tag und eine Nacht lang vereinten sich die Rauchspiralen der *Gitanes* des einen mit denen der *Royale Menthols* der anderen zum Nebel eines Strafgerichts. Mein Bruder, meine Schwester und ich saßen hinter der Wohnzimmertür, bekamen rote Augen wie Drogenabhängige und den ausgehungerten Magen der Verurteilten, während wir auf den Urteilsspruch warteten. Mehrmals breitete mein um dreihundertdreiundsechzig Tage jüngerer Bruder seine Flügel aus und brummte Lieder von Tino Rossi. Meine kleine Schwester, die sich gewöhnlich schrill äußerte, begann mit tiefer

Stimme zu sprechen. Ich wiederum schrieb das Gedicht der letzten Apokalypse auf ein Blatt Toilettenpapier:

Adieu Valenciennes
Adieu ohne Sinn
Adieu was ich bin

Ein neuer Tag wollte anbrechen.

Im Wohnzimmer gingen die Zigaretten aus. Husten trat an die Stelle des Worts. Das Konklave ging zu Ende. Man würde uns Geschwister auseinanderreißen.

Mit Ringen unter den Augen, grauer Haut, schwerer Zunge, fettigem Haar traten unsere Eltern aus dem Nebel; sie wirkten plötzlich alt.

»Édouard wird aufs Internat gehen.«

Meine Worte vermochten nichts auszurichten. Weder die groben noch die feinen. Noch die jähzornigen, die zuckrigen, die lässigen oder gehässigen.

Herbst 1970, eine tödliche Jahreszeit für meine Kollegen. Mauriac. Dos Passos. Mishima. Bald auch Jean Follain.

Am ersten Schultag schaffte mein Vater es am Steuer seiner Citroën DSuper 5 in weniger als zwei Stunden nach Amiens.

Stellen Sie sich eine Szene in einem Claude-Sautet-Film vor.

Der Wagen hüpft über die Route Nationale, er scheint zu fliegen. Das macht die hydropneumatische Federung – die Tausende von Menschen dazu bringen wird, sich zu übergeben. Der Mann am Steuer zündet sich eine Zigarette am Stummel der vorangegangenen an, er hört nie zu rauchen auf. Er ähnelt Michel Piccoli. Die Scheiben sind geschlossen – wegen der *Aerodynamik* (das ist zu dieser Zeit ein neues Wort, das mit leichtem Respekt oder misstrauisch verzogenem Gesicht ausgesprochen wird). Neben dem Fahrer sitzt, nicht auf Anhieb zu sehen, weil noch sehr klein und von Rauch eingehüllt, das Kind. Der totgeborene Dichter. Der Schriftsteller, der nicht schreibt. Das *Strohfeuer*.

»Es ist hart, ich weiß«, sagt der Gitanes-Raucher plötzlich. »Ich habe auch geweint, als ich nach Algerien aufgebrochen bin. Bei meiner Rückkehr hatte ich keine Tränen mehr.«

Und weil die Zigaretten ihm die Kehle austrocknen, stoppt der Fahrer den modernen Wagen vor einem Café an der Place de la Gare von Amiens. Es ist neun Uhr dreißig. Schulbeginn ist um zehn.

»Wir haben noch Zeit«, murmelt Michel Piccoli.

Er bestellt ein dunkles Pelforth, eine heiße Schokolade, zwei Croissants. Dann erscheint, wie durch Zauberei, ein Taschenbuch in seinen Händen. Der Buchschnitt ist orange. Die Gouache auf dem Umschlag zeigt eine bäuerliche Tischgesellschaft im Freien. Ein alter Mann füllt einem blonden jungen Mann das Glas; hinter ihnen posiert ein Hirsch, voller Stolz auf sein Geweih. Es ist ein Roman von Giono. *Bleibe, meine Freude*.

»Für dich. Du wirst sehen, schreiben heilt.«

Das Kind sieht seinen Vater an, ohne etwas zu begreifen. *Heilt wovon?* Der Vater spürt die Verwirrung, lächelt, aber erklärt nichts; schon jetzt. Das Kind liebt sein seltenes Lächeln.

Sie kommen natürlich zu spät. Michel Piccoli hilft seinem Sohn, das letzte Bett im Schlafsaal zu beziehen, neben der Tür zu den Toiletten. Seine geschickten Gesten ähneln denen seiner Frau in dem Film, wenn sie die Betten der Kinder in ihrem großen Haus bezieht, das auf einen Garten hinausgeht.

Der Vater begleitet seinen Sohn auf den Gang, dort hören sie, dass der Namensaufruf schon im Gang ist, und das Kind kann nicht umhin, das Homonym zu bemerken. Aber der Raucher lächelt nicht mehr, so verschreckt ist er plötzlich von dem Gefühl, das ihn überkommen hat, seinen Kleinen zu verlassen. Er dreht sich rasch um, läuft zum aerodynamischen Wagen. Ohne seinem Sohn die Chance zu lassen, ihm zu sagen, dass seine Tränen im Auto vom Zigarettenrauch kamen und dass ich, ja, dass ich traurig war.

Cut.

Der Generalpater setzte den Roman von Giono auf den Index.

Er konfiszierte das einzige Geschenk, das mir mein Vater jemals gemacht hatte, und damit den Schlüssel zum Geheimnis. *Schreiben heilt.*

Wir lebten in einer Welt, in der bald schon ein Mensch über den Mond spazieren und in der Mariah Carey, die Sängerin mit den fünf Oktaven, zur Welt kommen würde, und doch wurde ein sechsunddreißig Jahre zuvor geschriebenes Buch von einem Verbitterten konfisziert.

Um mich an dem Verbitterten zu rächen, wurde ich daher zum Verfasser anonymer Nachrichten.

Ich fing klein an. Schäbig.

Die vier Wörter meiner ersten anonymen Nachricht kratzte ich mit der Spitze eines Bic-Kulis in den Gips der Turnhallentoiletten.

Moncassarge ist ein Arsch

Warum Moncassage (dem ich noch dazu des Reimes wegen ein r verpasst hatte)? Weil er ein *Großer* war; ein Schüler aus der Achten, düster, wortkarg, ungesellig. Weil er einen Schnurrbart hatte, einen schwarzen Streifen über dem Mund. Und weil anonyme Nachrichten dazu dienen, diejenigen auf Abstand zu halten, die uns ängstigen.

Die elf Wörter der nächsten anonymen Nachricht wurden mit dem Schlüssel unseres Hauses in Valenciennes auf das hölzerne Pult von Moncassage geritzt.

Der Pater General
zeigt gern einmal
den nackten Hintern im Lokal

Und die zwei der letzten mit Wasserfarbe auf die Tür zum Zeichenraum gemalt.

Édouard – Bastard!

(Ich hatte es für raffiniert gehalten, eine gegen mich gerichtete Beleidigung zu verfassen, um von einem möglichen Verdacht abzulenken.)

Übrigens sollten meine Rachenachrichten sich nicht auf das Internat beschränken. Nein. Sie sollten auch jene treffen, die meine Worte erst beweihräuchert und dann geopfert hatten.

Die folgenden richteten sich an meine Mutter. Ich schrieb mit der linken Hand – wir hatten gerade das Wort *Graphologie* gelernt, und der Lehrer hatte erwähnt, dass es sich um eine Wissenschaft handelte, die es erlaube, die Persönlichkeit zu erkennen und Mörder zu entlarven.

Misstraue, Hexe, den sich überlassenen Söhnen
Stets kehrn sie zurück, dem Schicksal zu höhnen

Das *Söhnen/höhnen* kam mir ein bisschen platt vor, aber ich konnte nicht anders. Drei Jahre zuvor hatte ich

Lama und *Mama*, *Opi* und *Pipi* gewagt und hatte dafür Liebe empfangen.

Seitdem hatte man sie mir wieder genommen.

Flankiert vom Turnlehrer, einem kräftigen Kerl, der einen Blumennamen trug, versammelte der Generalpater alle Schüler im Ehrenhof. Er wies auf die Beleidigungen hin, die an den Wänden der Schule aufgetaucht waren.

Er fand strenge Worte für die dumme Feigheit anonymer Verfasser. Sein Gesicht war rot, vollständig rot; an seiner Schläfe war eine Ader geschwollen, man sah dort das Blut rauschen wie einen tobenden Fluss.

Und dann begann er plötzlich zu lachen. Noch immer hallt sein Lachen in mir wider; das Lachen eines Dämons. »Aber ich bin kein Schwachkopf, ihr Bande von Schwachköpfen!«, schrie er, »wirklich nicht, wie viele unter Ihnen kennen Stanislas-André Steeman?« Wir sahen uns an, suchten besagten Steeman in unseren Reihen. »Eine Bande von Schwachköpfen, und dazu noch ungebildet! Wer hat *Der Mörder wohnt Nr. 21* gelesen?« Hier und da ertönte Gelächter. Die Ader des Paters schwoll jetzt so sehr an, dass es bedrohlich wurde; die Schüler in seiner Nähe wichen einen Schritt zurück.

Plötzlich zischte er zwei Spitznamen. »Monsieur Arsch! Monsieur Bastard! Hierher, auf der Stelle!«

Spöttisches Lachen ertönte. Moncassage und ich näherten uns dem Inquisitor. Selbstzufrieden lächelte der Kirchenmann; er würde zwei schwarze Schafe zähmen.

»Sie sind zwei kleine Schlauköpfe«, flüsterte er, als

wir dicht bei ihm standen. »Und Schlaukopf, Monsieur Bastard, reimt sich auf …?«

Ich machte große Augen.

»*Hohlkopf.* Was Sie betrifft, mit Ihrem Teufelsgesicht, Monsieur Arsch: Lügen Sie nicht.«

Da bildete Moncassage mit seiner Hand einen Revolver, richtete ihn auf den Kopf des Generalpaters und drückte ab.

Dieser lautlose Schuss löste eine noch schrecklichere Stille aus. Ein Schüler hatte einen Priester getötet, und der Priester war immer noch am Leben.

Die Waffe wurde wieder zur Hand, die der Mörder mit dem dünnen Schnurrbart mir lächelnd entgegenstreckte. Ich schreckte zurück. Warum wehrte er sich nicht gegen die Beschuldigung, der Verfasser der anonymen Nachrichten zu sein? Würde er etwas im Gegenzug verlangen? Etwas Schreckliches? Hostien zu stehlen? Sein Freund zu werden? Sein Sklave? Aber sein Lächeln war schön. Ich ergriff die ausgestreckte Hand.

»Ich wusste es«, rief der Inquisitor aufstampfend. Er war im siebten Himmel. »Ich wusste es!«

In dem Roman von Steeman gab es nicht einen, sondern drei Mörder, die sich gegenseitig deckten.

Moncassage und ich mussten vier Wochenenden in Folge im Internat bleiben. Unsere Eltern wurden vom Abt einbestellt; zum nächsten Schuljahr würde Moncassage der Besuch des Internats verboten, seine Tat würde in seinem Zeugnisheft vermerkt werden, und ich sollte von nun an in *der Zelle* schlafen. Das war ein an den Schlafsaal angrenzendes Zimmer. Es wurde *die Zelle* genannt, weil man darin allein war, und allein sein in einem Jesuitenkolleg bedeutete, angesteckt worden zu sein, ansteckend zu sein. Ein Aussätziger.

In Valenciennes beschloss meine Mutter, gedemütigt von meinem Drohbriefchen und schockiert über meine Komplizenschaft mit diesem Moncassage mit seiner Mördervisage *(der Reim stammt von ihr, nicht von mir)*, ich sei kein Kind wie die anderen. Nicht, dass sie mich als den anderen überlegen ansah, sie ordnete mich eher in die Kategorie von Kindern ein, die anders sind. Im Sinne von gefährlich. »Können Sie sich vorstellen, Herr Doktor, mit sieben war er so sanft, so blond, da hatte er die Haut eines Mädchens, schrieb Gedichte, war das Glück seiner Familie, der reinste Engel, und drei Jahr später bedroht er die Familie, bedient sich seiner Gabe, um uns zu ängstigen, er lässt sich mit einem Spitzbuben ein und versetzt ein ganzes Internat in Angst und Schrecken, ich weiß nicht mehr, was ich tun soll, umso mehr, als es seinem Vater, das bin ich mir schuldig, Ihnen zu sagen, nicht sehr gut geht.« *Das bin ich mir schuldig.* Was für ein merkwürdiger Ausdruck.

Frühling 1971.

Gestreifte Jerseyblusen von Frank et Fils und die extrem kurzen Röcke von Cacharel sind in Mode, vor allem aber die Psychoanalyse. Die dritte Ausgabe der ein Jahr zuvor von Jean-Bertrand Pontalis gegründeten *Nouvelle Revue de Psychanalyse* erscheint; meine Mutter ist süchtig danach.

Mit elf Jahren gehe ich also nach einer vorübergehenden und stürmischen Karriere als Dichter jeden Donnerstag- und Samstagnachmittag zu Sitzungen bei einem gewissen Doktor Fromentin hinter dem Bahnhof von Amiens. Der Mann ist nicht unangenehm. Er ähnelt dem Autor Didier Decoin, zu der Zeit, als der den Roman *Abraham de Brooklyn* schrieb. Ein großer schwarzer Schreibtisch trennt uns. Auf dem schwarzen Schreibtisch liegt ein weißes Blatt. In der Hand des Doktors ein dicker silberner Füllfederhalter, lang wie der Hals eines Vogels, den seine Finger erwürgen. Er redet nicht. Und da auch ich nicht rede, geschieht nichts. Er verschreibt mir Valium und Mogadon. Ich verliere die Lust am Schreiben, am Lachen, am Nachhausefahren, am Reden.

Die Lust am Leben.

Mein Vater ist zu diesem Zeitpunkt fünfundvierzig.

Er ist allein in den Alpen, in Le Corbier, mitten im Massif des Sybelles, er ist schon mehrere Monate allein. Er kommt auch nicht zum zehnten Geburtstag meines Bruders zurück oder zu meinem elften.

Wie jedes Jahr organisiert meine Mutter nur ein Fest für uns beide, weil wir nur zwei Tage auseinander sind, wie sie sagt – tatsächlich sind es dreihundertdreiundsechzig. Es sind sehr wenige Kinder da, viele Erwachsene, Männer. Sie lacht viel. In ihrem Courrèges-Kleid ist sie sehr schön; ihre Lippen sind rosa und glänzen, wenn ein Mann sie zum Lachen bringt und wenn derselbe Mann ihr Feuer hinhält, um ihre Zigarette anzuzünden, klammern sich ihre Finger an seine Hand und scheinen sie nie wieder loslassen zu wollen.

An diesem Tag sah ich, wie meine Mutter uns verließ.

Ich sah ihre neuen Gesten, hörte ihr durchdringendes Lachen. Ich sah sie schön, leichtfertig und untreu. Ich sah sie glücklicher mit anderen als mit uns, als mit meinem Vater, und das war wie ein Geschenk, das sie uns machte, ohne es zu merken. Sie zeigte uns, dass sie ohne uns leben konnte, dass wir uns darauf vorbereiten mussten. Es würde eine Zeit kommen, zu der alles, was wir waren, nicht mehr wäre. Was verband, konnte sich auch lösen, sagte ihr Lachen. Sie gab zu verstehen, dass Risse am Ende immer größer werden.

Dass eine Familie niemals andauert.

Da bekam ich Angst, und mir wurde kalt. Ich verbrachte den Tag an meinen siamesischen Zwilling gedrückt. Die flatterhafte Schönheit unserer Mutter hypnotisierte ihn. Fromentins Mogadon machte mich benommen. Warum war unser Vater schon so lange in Le Corbier? Warum hatten wir keinen Brief von ihm erhalten? Unsere Großmutter väterlicherseits hatte uns aufgefordert, für ihn zu beten, weil es »im Geschäft« schwierig geworden sei; wegen all dieser Barbaren, die sich mit ihren Supermärkten und Kleidern für dreißig Francs vor den Toren der Städte breitmachten, mit ihren Konfektionshemden für achtzehn Francs, ihren Stores zu siebzig Francs den laufenden Meter einschließlich Stange und Montage, diese Ganoven, die uns alle umbringen würden.

Als Geschenk bekamen wir eine *Jouef*-Modelleisenbahn. Die Gleise bildeten ein Oval, die BB27-Lok und ihr einziger Waggon drehten sich daher hoffnungslos um sich selbst. Mein Bruder lachte. Ich nicht.

Meine Mutter kam zu mir: »Dein Papa ist krank, Édouard, er hat eine Depression.«

»Wird er sterben?«

»Er hätte sterben können, aber er kommt zurück. Weißt du, was ihm guttun würde? Wenn du ihm schriebest.«

Aber ich schreibe nicht mehr, Mama, nicht mehr, seitdem der verbitterte Pater mich dazu verurteilt hat, während meiner Arrest-Wochenenden *Die innere Burg* der heiligen Theresa von Avila abzuschreiben. Nicht mehr, seitdem die Briefe, die ich dir geschickt habe, unbeantwortet blieben. Nicht mehr seit dem Valium, dem Mogadon.

Ich schreibe nicht mehr.

»Denk daran. Es ist dein Vater.«

Ich verbrachte also meine Hausaufgabenstunden in *der Zelle* damit, kurze Nachrichten an ihn zu kritzeln. Ich suchte Reime auf Glück. Reime auf komm zurück. Mein Vater fehlte mir, der Rauch seiner Zigaretten, seine Traurigkeit.

Ein paar Wochen später schickte ich ihm eine Postkarte nach Le Corbier. Auf der Vorderseite die Fassade des Rathauses von Valenciennes, das den deutschen Bomben von 1940 standgehalten hatte. Auf die Rückseite nichts Besseres als die drei Wörter. Ich liebe dich.

Er kam ein paar Monate später abgemagert und braun gebrannt zurück; über der Stirn war sein Haar lichter geworden. Seine grünen Augen hatten ihre Spottlust wiedergefunden. Wir weinten alle. Claire sang einen Abzählreim, mein Bruder schenkte ihm einen Lampenschirm aus orangefarbener Wolle, den er (zum Muttertag) in der Schule verfertigt hatte, und ich ein Buch mit Karikaturen von Jacques Faizant. Er nahm uns einen nach dem anderen in die Arme, dankte uns; dankte Gott, wieder bei uns zu sein, schwor, dass alles wieder in Ordnung kommen würde, dann wandte er sich an mich. Er redete langsam und artikulierte genauer als nötig. Man hätte meinen können, er hätte lange nach Worten gesucht, die präzise und bedeutend sein sollten: »Und dir, Édouard, danke ich dafür, dass du mir das Leben gerettet hast.«

Meine Mutter zuckte mit den Schultern und verschwand im Wohnzimmer, wohin sie sich gerne zurückzog, um ihre Royale Menthols zu rauchen. In dem Augenblick, als unser Vater nach Hause gekommen war, war ihre Schönheit vergangen.

Er übernahm das Geschäft wieder. Ordnete bedeutende Vergrößerungsarbeiten an – die die Gesamtverkaufsfläche, wie er ausführte, auf eintausendsechshundertneunundfünfzig Quadratmeter vergrößern würde. Wir hatten sogar die Ehre eines Besuchs von Jacques

Anquetil, »dem Engel des Fahrrads«, dem Champion mit fünf Tour-de-France-Siegen, der seine erste Kollektion von Trainingsanzügen bei uns vorstellte. Er schenkte mir einen, signierte ihn mir unter dem Beifall des Personals und den gerührten Blicken der Verkäuferinnen. Die berühmte Unterschrift verschwand beim ersten Waschen, und die Tinte des Filzstiftes hinterließ einen nicht zu entfernenden Fleck an einer Stelle, die mir nicht enden wollenden Spott im Turnunterricht eintrug.

Drei Wörter hatten meinen Vater ins Leben zurückgebracht.

Ich wagte nicht, ihn zu fragen, was geschehen war. Hatte es mit der Schönheit unserer Mutter zu tun? Mit seiner Tränenlosigkeit seit der Rückkehr aus Algerien? War sein Herz abgestumpft, litt meine Mutter darunter? Wir sprachen nicht darüber. Nichts war geschehen.

Unsere Mutter blieb im Wohnzimmer eingeschlossen, verloren im Mentholnebel. Abends waren ihre Augen rot, als hätte sie geweint.

Morgens brach unser Vater immer früher ins Geschäft auf. Wir gewöhnten uns daran, ihn nur noch selten zu sehen. Wir sahen unsere Eltern nur noch sonntags zusammen, bei unserer Großmutter väterlicherseits, bei einem Braten und Bratäpfeln. Mein Vater sprach nur vom Geschäft; man hatte den Eindruck, allein dafür blieben ihm Worte und alle anderen, alle Worte, die vom Wetter, von Musik, den neuesten Nachrichten erzählten, seien verschwunden. Er berichtete von dem Vorhaben, eine Vereinigung der Innenstadt-Händler zu gründen: »Wir werden uns verteidigen, wir werden nicht zulassen, dass die Supermärkte alles diktieren!« Meine Mutter hörte nicht zu. Sie rührte weder den Braten noch die Bratäpfel an. Sie rauchte ein ganzes Päckchen Zigaretten, mit müder Miene, schon so weit weg.

Dann brach der Abend herein; mein Vater fuhr mich zum Bahnhof von Valenciennes, drückte mich an sich, murmelte: »Das tut mir wirklich leid, verzeih mir«, und mit feuchten Augen lief ich auf den Bahnsteig, um dort auf den Zug nach Amiens zu warten, ohne es je gewagt zu haben, ihm die tausendmal geübten Worte zu sagen: »Sprich mit mir, Papa.«

Wir verstummten. Der Gipfel für eine Familie, die über ihren eigenen Dichter verfügte.

Die Psychoanalyse hatte in unserer Familie verheerende Folgen.

Meine Mutter redete nicht mehr, weil sie sich ihre Worte für ihren Analytiker aufsparte, einen gewissen Boucher in Lille. Mein Vater schwieg, weil er wusste, dass Worte zwar heilen, aber auch verletzen, zerstören können. Und wir wagten es nicht mehr, Fragen zu stellen. Den Mund aufzumachen, konnte eine Katastrophe auslösen.

Beispiel.

In der blassgelben Küche, die meine kindlichen Anfänge als Schriftsteller erlebt hatte und die sich unserer Freude erinnerte, als wir noch manchmal eine komische und unbeschwerte Familie gewesen waren, ganz wie die Familien in den Filmen von Frank Capra, fragte ich eines Abends beim Essen meine Eltern: »Bedeutet das Schweigen, dass wir uns nicht mehr liebhaben?«

Daraufhin herrschte zunächst Schweigen, das versteht sich von selbst, dann flogen Gegenstände.

Claire begann zu brüllen, erreichte bislang ungeahnte Höhen. Mein Bruder ahmte sie unter Tränen nach; verängstigt drückte er sich an sie, verschwand in ihr. Sie flüchteten unter dem Bombenhagel und rannten in sein Zimmer. Gelähmt blieb ich da.

Man muss gesehen haben, wie seine Eltern sich prügeln, um zu begreifen, dass ein Kind den Wunsch entwickeln kann zu sterben.

Ich legte mich unter den Tisch. Ein verängstigter Welpe.

Meine Mutter lief aus der Küche, schlug die Tür zu. Später stand mein Vater langsam von seinem Stuhl auf. Seine Beine zitterten. Von jetzt an war er ein sechsundvierzigjähriger Greis. Er machte sich daran, die zerbrochenen Wörter vom Boden aufzulesen, *Salzstreuer, Teller, Glas, Wasserkrug, Auflaufform*. Er würde die verstreuten Wörter wieder zusammenkleben. Dann würde er sie an ihren ursprünglichen Ort zurückräumen, in der richtigen Ordnung, um daraus einen Satz zu bilden, der besagt, dass alles gut geht, ja, dass alles wieder in Ordnung kommt. Mit der Zeit würde er versuchen, die Narben der Wörter zu verbergen. Er würde sie weit ins Dunkel des Schranks schieben, bis zum Vergessen.

Als er den kleinlauten Welpen sah, bückte er sich, streckte die Hand aus. Das war das einzige Mal, dass ich ihn weinen sah. Dieser unerwartete Mangel an Schamgefühl lehrte mich, dass es in diesem Augenblick einen Schmerz gab, der noch größer war als meiner. Seiner. Ich ließ mich daher von ihm hinausführen. Zurück zum Licht.

Der Sommer 1971 war verbrecherisch. Louis Armstrong, Jim Morrison, Pierre Flament.

Der Erste erlag einem Herzanfall, der Zweite ebenso, auch wenn etliche dem LSD und dem FBI die Schuld zuschoben, und was den Dritten betrifft, meinen Großvater mütterlicherseits, so erlosch er in der Stille der Krankheit des Vergessens. Er hatte die Namen seiner drei Töchter vergessen. Er hatte sich Reis ins Ohr gesteckt, um ihn zu essen. Er zog die Wasserspülung nicht mehr. Er hatte seine Frau gefragt, wer sie sei; vor allem hatte er gegluckst, als er das Lachen von der Fernsehmoderatorin Denise Fabre hörte.

Die Mutter und die Töchter waren zu Beginn des Jahres zusammengekommen und hatten *den Mann, der wieder Kind geworden war*, in eine belgische Einrichtung geschickt, wo er zu atmen vergaß.

Als ich seinen toten Körper sah, hatte ich den Eindruck, ich sähe den Ast eines Baumes. Er war so mager, so knorrig. Die Haut schien zu groß für sein Gesicht, sie hing baumelnd herunter wie ein Crêpe-Teig. Es war faszinierend. Mein erster Toter. Meine Mutter weinte. Meine Augen waren trocken. Sie griff nach meiner Hand, wir verließen das Krankenhauszimmer. Draußen war es sehr heiß. Sie setzte sich auf eine Bank im Park, hielt mich fest vor sich. Sah mich lange an, ordnete dann mein Haar; ihre Hand zitterte.

»Du bist schön«, sagte sie mir, »ich bin heute hässlich. Es ist schrecklich, ich habe keinen Papa mehr. Man ist so hässlich, wenn man keinen Papa mehr hat.«

In diesem Augenblick war ich zu jung und hatte zu wenig Talent, um Worte zu finden, die sie überzeugt hätten, dass kein Vater auf dieser Welt eine hässliche Tochter hat. Die Sonne trocknete ihre Tränen und ließ zwei Salznarben auf ihren Wangen zurück. Sie schloss mich einen Augenblick in die Arme, dann stand sie auf, ging zu ihrem Citroën Dyane. »Na komm, beeil dich!«

In diesem Moment wurde mir klar, dass die Kindheit sich entfernte.

Im Wagen schlug sie mir vor, ich solle ein paar Zeilen schreiben, die ich bei der Totenmesse vorlesen könnte. Ich sagte nichts. Ich betrachtete die Landschaft. Ich betrachtete die Äste. Arme. Beine. Rümpfe. Großvaterstücke. Mir wurde schlecht. Sie hielt abrupt an, damit ich mich draußen übergeben konnte, und wartete hinter dem Steuer; die Michelin-Karte, die sie als Fächer nutzte, ließ ihr rotes Haar flattern. Sie war blass und verschwommen.

Plötzlich hupte sie ihre Ungeduld heraus. Ich stieg wieder ein, mit trockenem, stinkendem Mund.

Ich schrieb die ganze Nacht. Fand im Larousse: *Mauthausen*, Name eines von den Nazis in Österreich geschaffenen Arbeitslagers (die restlichen Informationen mussten mit den Löwenzahnsamen des Larousse-Logos in alle Winde verstreut worden sein). Seit den Nürnberger Prozessen waren die Bilder um die Welt gegangen. Das Grauen, das Entsetzen, das Krebsgeschwür, die Scham, der Schmutz der Menschen. Die Überlebenden waren lebende Tote. *Die Krankheit des Vergessens* war eine Gnade, die meinem Großvater gewährt worden war. Zwar löschte sie auch die Bilder des Glücks aus, Kinder, die im Sommer über den Strand von Knokke-le-Zoute rennen und »Fang uns, Papa!« rufen, oder das Bild einer Frau, die ihn anlächelt, während sie Zitronenwasser einschenkt, vor allem aber vernichtete sie die Bilder der Finsternis. Die Krankheit, die ihn umgebracht hatte, hatte ihn zugleich gerettet.

Das schrieb ich, damit meine Mutter nicht traurig war.

Das Begräbnis fand vier Tage später in der Kirche Saint-Michel-de-Valenciennes statt. Das Kirchenschiff war schwarz vor Menschen. Man hörte Weinen und das *Stabat Mater* von Vivaldi. Vor dem Mikrophon sprachen nacheinander seine beiden Töchter, ein befreundeter Notar, ein entfernter Cousin. Man vergaß, mich aufzurufen, um meine Fürbitte vorzulesen.

In dem Jahr, als ich zwölf wurde, beklagte mein Vater sich über Schwerhörigkeit und probierte verschiedene Hörgeräte aus – damals interessierte sich die Miniaturisierung noch nicht für derlei Produkte, und Claire und ich nannten ihn heimlich Dumbo.

Er war noch keine fünfzig.

Nach einem erfreulichen Jahr, das die Einführung und den kompletten Ausverkauf der Trainingskleidung-Kollektion von Jacques Anquetil, die große Auswahl an Voildieu-Stores und -Makramees, die Sonderangebote nach amerikanischem Vorbild an jedem ersten und dritten Mittwoch im Monat mit großem Andrang erlebte, waren die Geschäfte rückläufig. Die vorübergehende Euphorie deckte den Kredit für die Umbauarbeiten nicht. Der Teint meines Vaters färbte sich gelb wie sein Hörgerät. Er zog wieder zu seiner Mutter zurück, deren Wohnung über dem Geschäft lag.

In dem Moment, als er auszog, erwachte meine Mutter aus ihrer Menthollethargie, öffnete alle Fenster unseres Hauses, riss die Laken des Ehebettes herunter, warf sie in den Müll und ging, unbeschwert, zum Friseur.

Zu dieser Zeit geschah es, dass meine Worte versiegten – man könnte meinen, Dumbo habe sie mitgenommen. In der Schule war ich unfähig zum kürzesten Aufsatz. Unfähig, zum Muttertag auch nur das kleinste süßliche Gedicht zu schreiben. An Weihnachten den winzigsten Weihnachtsgruß. Fromentin reduzierte meine Valium- und Mogadon-Dosis, interessierte sich für meine Ernährung und empfahl mir Lachs. Unsere zwei halben Stunden pro Woche verliefen mit derselben höflichen Langeweile; ich warf ihm ein paar abgenutzte Worte hin, er machte sich ein paar erschöpfte Notizen. Der Französischlehrer, der über dieses Versiegen der Worte besorgt war, verschrieb mir die Lektüre von zwei Büchern pro Woche. Mein Großvater väterlicherseits, der über den Schicksalsschlag informiert wurde, ließ mir die Romane von Maurice Leblanc und Gaston Leroux schicken. Der Verbitterte konfiszierte *Die Gräfin von Cagliostro oder die Jugend des Arsène Lupin* – später vermutete ich, dass sein Widerspruch auf die angenehm inzestuöse Seite des Buches abzielte. Und Claire, die das Alter der Vernunft erreichte, schickte mir ihre zwölf Bilderbücher von *Martine*. Sie waren die einzigen Dinge, die mir im Internat gestohlen wurden, natürlich waren die frivolen weißen Höschen des Mädchens der Grund dafür. Eines Sonntags traf ich Dumbo bei seinen Eltern. Ich wollte sein Zimmer sehen. Sein Leben ohne uns. Hatte er Fotos von uns aufgehängt? Hatte er unsere Zeichnungen aufgehoben, den Lampenschirm aus orangefarbener Wolle von unserem Bruder, meine Postkarte, das Buch von Faizant? Gab es hier etwas, was ihn an Mama erinnerte? Waren die verlorenen Worte hier?

Sein Zimmer war trübselig. Kein Foto an der Wand. Kein wolliger, ausgefranster Lampenschirm. Keine Spur von unserem Leben. Er merkte, wie verwirrt ich war, ließ mich neben sich auf dem Bett Platz nehmen, legte mir die Hand auf die Schulter. Seine Hand zitterte. Ich war stolz, dass er diese neue Schwäche nicht vor mir verbarg. »Eines Tages hast du uns gefragt, ob das Schweigen bedeute, dass man sich nicht mehr liebhabe, und wir, deine Mutter und ich, haben in der Küche Sachen kaputt gemacht.« Ich nickte. »Die Antwort ist ja«, murmelte er. »Ja, die Stille ist das Ende.« »Also wirst du sterben, weil du nichts mehr hörst?«, fragte ich verstört. Sein seltenes Lächeln erschien. Seine Hand wurde fester. »Warum schaffe ich es nicht mehr, die Dinge zu sagen, seit du weggegangen bist, Papa?«

Aber er hörte mich nicht.

Sechs Jahre Internat, von der sechsten bis zur elften Klasse, machten aus mir einen gebildeten Ignoranten.

Sicher, ich kannte Thérèse Raquin, Jean-Paul Sartre, Jean-Sol Partre, die Zahl aller Hornträger der Gruppe der Ziegenartigen der Gattung Schaf in Argentinien, die Hauptstadt von Malta, das katastrophale Bruttoinlandsprodukt der Schweiz, die Anzahl der Stimmen, die Émile Muller im ersten Wahlgang der letzten Präsidentschaftswahl bekommen hatte, aber ich wusste nichts von den Dingen draußen.

Ich war eine Art Candide. Ein unzivilisiertes Kind, das weder *Asphalt-Blüten*, noch *Der Pate*, *Wenn das Fest beginnt*, noch *Monsieur Klein* gesehen hatte. Das nichts vom Selbstmord von Mike Brant wusste. Das die Gründung von U2 und The Clash und die Geburt von Jake Shimabukuro verpasst hatte, dem künftigen Ukulele-Virtuosen. Das niemals die Beatles zusammen auf der Bühne sehen würde.

Ich hatte nur einmal Sex gehabt, mit fünfzehn in England mit einer fülligen Einheimischen, die nach Mehl und Kichererbsen roch und während der kurzen Zeit meines Treibens unablässig in ihrer unverständlichen Sprache plapperte. Als ich ein paar Jahre später hörte, wie die Externen prahlend von feuchtem Moschus und süßer Pisse erzählten, hatte ich den Eindruck, auch da *etwas verpasst* zu haben.

Ich fragte meine Eltern daher, ob ich für die Abschlussklasse nicht das Internat verlassen könne. Beide willigten unter der Bedingung ein, dass der andere einwilligte. Der andere willigte ein. Ich wurde zu meiner Tante geschickt.

Sie bewohnte ein hübsches weißes Haus am Rand eines Golfplatzes in der Nähe von Roubaix, zusammen mit einem Mann und einem bösen Hund. Wenn der Mann den bösen Hund ausführte, nahm die Tante in (ihrer Ansicht nach) vollkommener Stille den Telefonhörer im Eingang ab, von wo aus sie die Rückkehr des Spaziergängers und des Hundes überblicken konnte.

Versteckt im oberen Stockwerk, sah ich Schweißperlen an ihrem Hals auftauchen, perlmuttschimmernd wie die Perlen eines Halsbandes. Ihre Worte wurden zu Seufzern, Lachen, Quieken, Schniefen. Sie waren abwechselnd wunderlich, ergreifend, lächerlich, nervig. Sie waren Worte aus der Sprache der Liebenden, Worte, die in die Welt schreien, was sie verschweigen wollen. Ich sah meine Mutter wieder vor mir; ihr tiefes Lachen mit manchen Männern. Hatte sie einen Geliebten gehabt? Hatte sie überhaupt einen ersehnt? Hatte Dumbo davon erfahren? War das der Grund für seine Depression, seine Schwerhörigkeit, die erbärmliche Rückkehr zu seiner Mama? Hatte mein Bruder es ebenfalls erfahren? Hatte er begonnen, Tino Rossi zu singen, Chopin zu pfeifen, um die Geräusche zu übertönen, die ihn erschreckten? Waren meine Worte versiegt, um das zu verschweigen?

Das Abschlussjahr verging.

Ich kostete den Rausch des Trichloräthylen, während ich Bob Dylan entdeckte. Ich suchte die Gesellschaft einiger Mädchen, den Weg in ihre Betten. Ich vermisste einen großen Bruder oder einen Freund, der mir erklärt hätte, wie man das Herz eines Mädchens bezaubert, damit man ihr das Kätzchen füllen darf, denn darum geht es doch immer, nicht wahr? Die Liebe ist ein Wort für danach. Wenn man nichts mehr füllt und man ja irgendwie zusammenleben muss.

Mein Abitur bekam ich gerade so. Es war der letzte Sommer in Beg-Meil mit den noch jungfräulichen Cousins, mit Mamas, die allein waren, mit der Kindheit, die sich auflöste. Mein achtzehnter Geburtstag stand bevor. Kein Leben reizte mich. Weder das von Dumbo als trauriger Kaufmann noch das des betrogenen Onkels. Eine glückliche Kindheit fehlte mir. Mein Bruder, der nicht mehr sang, seine angelegten Flügel fehlten mir. Claires Freude, wenn ich Gedichte vorlas. Ich beschloss, einen Roman zu schreiben.

Der Sommer ’78 startete durch, zusammen mit dem hüpfenden Plastic Bertrand. Village People sangen *Y. M. C. A.*, Boney M. sang *Rasputin*, die Bee Gees *Saturday Night Fever* und die Scorpions *Tokyo Tapes*.

Dumbo besuchte uns nur einen einzigen Tag. Und den verbrachte er weit von uns entfernt am Strand. Er hatte nur die Jacke abgelegt, die Schuhe und schwarzen Socken ausgezogen. Man hätte denken können, ein verirrter Skarabäus unter lauter Krebsen. Da blieb er drei Stunden lang, saß in der Sonne und betrachtete das Meer, das er nicht hörte, die Kinder, die geräuschlos gestikulierten und brüllten, das Chaos. Dann wurde auch sein Gesicht ganz rot; man nimmt sich nie ausreichend vor der Sonne in Bigouden in Acht. Er stand auf, lief barfuß durch den Sand, bis er das glühend heiße Asphaltband erreicht hatte, wo er wie ein Mädchen herumhüpfte, dann, am hydropneumatischen Wagen angekommen, zog er Socken und Schuhe wieder an und warf die Jacke auf die Kunstlederrückbank. Er winkte ins Leere, irgendeiner von uns würde das Winken entgegennehmen, stieg wieder in die DSuper 5 und verschwand am Ende der kleinen Straße. Später stellte ich mir vor, wie er mit zweihundert über die Route Nationale raste, mit den Bäumen flirtete, im letzten Augenblick hinter den Lastern ausscherte; wie er sich Angst einjagte, damit spielte, sein Leben zu verspielen, in der

Hoffnung, dass ein noch verrückterer Fahrer an seiner Stelle entschied. Und rums.

Aber zum Sterben muss man stark sein, und Dumbo ist nicht stark. Ich weiß es. Wir haben alle seine Schwäche geerbt.

In diesem Sommer machten sich die jungfräulichen Cousins auf See vor Beg-Meil mit dem Segeln vertraut und kamen zum Nachmittagsimbiss wie erschlagen zurück.

Claire war dreizehn; sie traf eine Freundin vom letzten Jahr wieder, und beide machten Jagd auf Jungs, weiter nördlich, in den Felsen. Wenn die Jungs sie packen wollten, flohen sie wie kleine Krabben.

Mein Bruder verbrachte die Tage im Strandclub, wo er mit Kindern im Alter des Kindes in seinem Kopf spielte. Sein Körper war mit weißer Creme überzogen, die ihn vor der Sonne schützte. Wenn er die Arme ausbreitete, hätte man ihn für einen anmutigen Schwan halten können, und wenn er lachte, veranstalteten die Kinder um ihn herum einen Tanz und stießen kleine Freudenschreie aus. Manchmal beobachtete ich ihn, im Schatten der Umkleidekabinen verborgen, und ich wünschte mir, dass er immer lachen sollte, weder Angst noch Kälte kennen würde. Aber ich war kein guter Bruder.

In dem trockenen Garten, in dem die Kiefernnadeln in die bloßen Fußsohlen piksten, tranken meine Mutter und meine Tante stundenlang Campari. Ihre Ehemänner waren nicht da. Sie rauchten und lachten viel. Normalerweise setzten sie ihre so empfindliche Haut nicht der Sonne aus, aber dieses Jahr widmeten sie täglich dreißig Minuten dem Sonnenbad. Sie waren schön. Ihre neue Bräune radierte die Jahre auf ihren Gesichtern aus. Abends waren sie zwanzig, sie gingen aus; man sah sie erst am nächsten Morgen wieder, älter geworden, noch verführerischer.

Ich verbrachte die Tage am großen Holztisch in der Küche. Ich schrieb ein Spiralheft mit meiner regelmäßigen, engen Schrift voll, mit dem gleichen Gekritzel, sagte meine Mutter immer, wie das des Großvaters aus Mauthausen. Ich füllte die ersten Seiten. Begann erste Kapitel. Mühte mich mit ersten Sätzen ab. Rastlos, radierend, wie rasend. Eine Blase quälte meinen Zeigefinger.

Zur Stunde des Nachmittagsimbisses kamen die jungfräulichen Cousins zurück und machten sich über den großen Schriftsteller lustig: »Komm lieber mit uns segeln, du bist ja käseweiß, weiß wie ein Hintern. Du hast einen Hintern-Kopf.«

Dabei waren die Worte doch da. Alles war da. Adjektive, Adverben, Nebensätze, Relativpronomen, die Konjugation des Verbs *sein* im Plusquamperfekt, und doch war ich unfähig zu schreiben. Die Worte nervten mich, sie drangen mir aus den Augen. Was? Ich hatte ein erbärmliches Gedicht verfasst und war als Dichter der Familie apostrophiert worden. Und was weiter? Hätte ich einen Frosch seziert, eine Katze erledigt, wäre ich der Arzt der Familie, der Mörder der Familie geworden. Eine an Akne leidende Cousine verführt, der Don Juan der Familie. Und was noch? War mein Bruder der Einfältige der Familie; der, dessen Vornamen man nie aussprach, weil er nicht vollständig existierte. Und was noch? Claire, eines Tages die unglücklich Verheiratete der Familie? Die Träume der anderen verurteilen uns. Abtreten!

Als meine Mutter am letzten Vormittag der Ferien von ihrer letzten Nacht irgendwo zurückkam, traf sie mich in der Küche an. Sie setzte sich; sie roch nach Liebe, Alkohol, Salz. Plötzlich warf ihre Hand eine Haarlocke nach hinten, sofort spürte ich das fürchterlich Erotische, was sie unbewusst in diese Geste legte. Ich war verblüfft. Sie war neununddreißig. Gerade neununddreißig. Erst neununddreißig. Das Alter der Affären nach den Kindern. Sie war auf dem Höhepunkt ihrer Schönheit, sie beherrschte all deren Geheimnisse. Es dauerte nur eine Sekunde. Als ihre Geste beendet war, beugte ihr Gesicht sich über mein Heft, über den Roman auf einer einzigen Seite. Sie versuchte, die in der unleserlichen Schrift verborgenen Wörter zu entziffern, und dann geschah das Wunderbare. Sie öffnete die Arme und drückte mich an ihre Brust, mich, den Sohn, der jetzt so groß wie ein Mann war, größer als mein eigener Vater; sie drückte mich, wie sie es seit Jahrhunderten nicht mehr getan hatte. Ich erstickte, welch ein Glück. Sie murmelte mir mit einer vom Gelächter der vergangenen Nächte kaputten, vom Mentholtabak angegriffenen Stimme ins Ohr: »Ich weiß, dass du eines Tages schreiben wirst, Édouard, dass du all das erzählen wirst. Unsere Brüche. Unsere Ängste. Du musst ja schließlich die Worte finden, die um Verzeihung bitten.«

Dann löste sich der Schraubstock ihrer Arme, unsere Körper enteinten sich.

Schreiben heilt.

An diesem Abend saß Dumbo wieder in unserer Küche. Der Sonnenbrand war verschwunden, die Haut auf seiner Nase schälte sich. Seine Ohren schienen größer – kam das durch das Gewicht des Hörgeräts? Meine Mutter saß neben ihm. Sie rauchte Zigarette auf Zigarette wie Lea Massari in *Die Dinge des Lebens*. Ihr Gesicht war noch leicht gebräunt, aber in ihren Augen glomm das Licht wie das Feuer, bevor es morgens verglüht.

Der Augenblick war ernst. Der Augenblick war gekommen, wo es um die Entscheidung eines Lebens ging. »Es ist schön, das Abitur in der Tasche zu haben, Édouard, aber das allein ist zu nichts nutze. Du musst studieren. Dein Vater macht sich Sorgen um dich. Er kann dich im Geschäft nicht nehmen. Ich mache mir Sorgen um dich. Du bist der geborene Schriftsteller.« »Aber keineswegs, er ist wie geschaffen für die Rechtswissenschaft, so wie mein Vater. Muss ich dich wirklich darauf hinweisen, dass Schreiben nichts einbringt? Schriftsteller! Sieh dir Bernard Narbonne an, wer erinnert sich noch an seine Bücher? Der hat sicher keine tausend Francs verdient! Soll ich lachen?« »Darf ich vielleicht erst einmal ausreden?« »Du willst doch wohl keinen Arbeitslosen aus ihm machen?« »Ständig unterbrichst du mich. Ja, ganz recht, er wird Jura studieren, und warum nicht gleich Medizin?« »Sein Abi war ein Glücksfall, er hat es um gerade null Komma drei Punkte geschafft, man baut kein Leben auf einem Drei-Zehntel-Punkt auf, drei Zehntel vom Scheitern entfernt!« »Und wenn ich dir sagen würde, dass er diesen Sommer einen Roman geschrieben hat, du alter Schwerhöriger, einen herrlichen Roman?« »Einen Roman?« »Ja, dein Sohn, einen Roman!« »Hat er ihn dich lesen lassen?« »Ja. Absolut. Da staunst du, was?« »Und wie lautet der Titel, *Schattenmund* vielleicht, wie dieser Psychoanalyse-Schinken?« »Genau das, mein Lieber, darf ich dir nicht sagen, der Titel ist eine Überraschung.«

Meine Geburt hatte aus ihnen einen Vater und eine Mutter gemacht. Sie waren stolz gewesen. Hatten das Baby angelächelt. Dudidudidu. Killekillekille. Hatten das Kind vollkommen gefunden. Hatten Tausende von Fotos gemacht. Waren nachts aufgewacht, um sich zu herzen und ihr Glück zu preisen; ein wenig verschämt, aber nicht ohne Missfallen hatten sie an Cousine Mado gedacht, die keine Kinder bekommen konnte. Sie waren überzeugt, dass ihr Glück grenzenlos war, dass diese seltenen Sekunden ewig dauern, dass diese Glückseligkeit sie nicht mehr verlassen werde, und achtzehn Jahre später waren wir drei in der blassgelben Küche versammelt. Was sie vereint hatte, trennte sie jetzt. Ich war zu ihrem heißen Eisen geworden. Zu ihren schon lange getrennten Schlafzimmern. Zur Schwerhörigkeit des einen. Zum kleinen Krebsgeschwür des anderen.

Die Würfel waren gefallen. Dumbo hob die Hände an die Ohren, stellte sein Hörgerät ab. Meine Mutter zündete sich eine neue Zigarette am Stummel der vorangegangenen an, verbrannte sich, schrie »Scheiße!«, und es war vorbei.

»Tu, was du willst, das ist jetzt dein Leben.«

Es war das letzte Mal, dass ich sie in diesem Leben zusammen sah. Mein Vater verließ die Küche. Ich begleitete ihn. An der Tür murmelte er: »Ich würde mich freuen, deinen Roman zu lesen.«

Aber ich habe keinen Roman, Papa. Ich schaffe es nicht. Ich bin kein Heiler.

Meine Mutter war immer noch in der Küche. Unsere Blicke kreuzten sich einen Moment, sagten aber nichts. Ich streckte die Hand aus, nahm eine Zigarette. Sie zündete das Feuerzeug an, hielt mir die Flamme hin. Ich verbrannte darin meine letzte Verbindung zur Kindheit.

Ich ging hinauf zu meiner Schwester in ihr rosa Zimmer. Aus dem Kassettenrekorder hörte man Annie Chancel alias Sheila *Hôtel de la plage* singen. Claire lag auf dem Bett, sie las in der *Marie Claire* den Bericht einer Frau, die sich einem Mann hingegeben hatte und betrogen worden war. Ich legte mich neben sie. Sie streckte die Hand aus, ich überließ ihr die Zigarette.

»Gehst du für immer?«, fragte sie.

Sie hatte die Poster von Joe Dassin an den Wänden durch die von Thierry Lhermitte, John Travolta, Al Pacino und Richard Gere ersetzt. Sie war fast hübsch. In spätestens drei Jahren würde sie die Plumpheit der Jugend verloren haben. In spätestens sieben Jahren würde sie dem Märchenprinzen begegnen, der eines Tages Champagner holen gehen würde, wie die Streichhölzer in dem Chanson von Serge Reggiani. Der aber nicht zurückkommen würde.

»Gehst du für immer? Ich mag es, wenn du da bist. Das macht uns zu einer richtigen Familie.« Sie hielt mir die Zigarette hin. »Hast du schon mal mit jemandem geschlafen? Ich hätte Lust, aber ich hab Schiss davor.«

Ich lächelte. »Ja.«

An diesem Abend war Claire so alt wie meine füllige, plappernde Engländerin. Sie hatte dasselbe Verlangen, das erschreckt und zugleich verlockt. Es drängte sie bereits, mit den weißen Söckchen, Sonnenplissee-Röcken und Claudine-Kragen Schluss zu machen; gegen die Blicke der dreißigjährigen Alten zu kämpfen; es drängte sie, aus dem Schatz, den sie zwischen den Schenkeln besaß, das Kapital eines Eintritts in die Gemeinschaft der Frauen zu schlagen.

»War es gut?«

»Ich weiß nicht … Ja. Ja, es war gut.«

Geräuschlos öffnete sich die Zimmertür. Unser Bruder kam herein. Ein Kind in einem Erwachsenenkörper in einem Micky-Maus-Schlafanzug. Er schwang sich auf das Bett, wand sich wie eine Schlange um unsere Schwester und schmiegte sich an mich. Claire musste lachen. Aber er öffnete die Arme, als breitete er zwei Flügel aus. Die Flügel umarmten mich, drückten mich dann, erdrückten mich dann. In der folgenden Stille erhob sich seine hohe, klare Stimme; der Engel sang: *Der Schatten flieht, adieu du schöner Traum/ Die kurze Nacht, begonnen kaum/ Weicht sie doch schon dem Licht/ Warum nur halten wir zurück/ so früh das Herz vorm Ruf des Glücks?**

Wir durchquerten die Nacht zu dritt; Tochter und Söhne Dumbos und der Geliebten. Am Morgen erwartete mich das Chaos des Erwachsenenlebens.

---

* Gesungen von Tino Rossi (1939). Text von Jean Loysel, Musik von Frédéric Chopin, Opus 10 n° 3.

Achtzig

Kapitel II, Grundlagen

120-1. Getreues Abbild, Vergleichbarkeit, Fortführung der Unternehmenstätigkeit
120-2. Vorschriftsmäßigkeit, Offenheit
120-3. Umsicht
120-4. Beständigkeit der Methoden.

Wir waren erst beim zweiten Kapitel des *Programms der Grundlagen allgemeiner Rechnungsführung*, und schon begann ich zu schwimmen.

Ich war in der Buchhaltung gelandet und gehörte zu den armen Kerlen, die mit achtzehn die alterstypischen Träume aufgeben. Bei den Jungs: ein phantastischer Beruf, eine Freundin so schön wie Linda Evangelista, die ihre Karriere gerade bei den Niagarafällen begonnen hatte, ein 911 Targa, sehr viel Geld, um das alles zu bezahlen, und viele neidische Freunde. Für die Mädchen: ein phantastischer Körper mit ebensolchen Brüsten so wie die ebenjener Linda Evangelista, die ihre Karriere gerade bei den Niagarafällen begonnen hatte, Kerle, die sie begehren, und unter ihnen ein höflicher, reicher, ein wohlerzogener, der ihnen die Tür seines Porsche Targa aufhält und von Heirat erzählt, und ganz viele neidische Freundinnen. Mit achtzehn Jahren deutet die Eintönigkeit unserer Träume die Eintönigkeit unseres künftigen Lebens an. Mir ging der Text jenes Chansons des ätherischen Gérard Lenorman durch den Kopf, das ein paar Jahre zuvor ein Hit gewesen war:

Je revois les yeux tendres et les visages tristes/ Qui autor de moi écoutaient/ Et pendant les leçons dans mon coin je rêvais.

*Ich sehe die zärtlichen Augen und traurigen Gesichter wieder/ Die um mich herum zuhörten/ Und während meiner Hausaufgaben träumte ich in meiner Ecke.**

Und mir wurde klar, dass das Kind, von dessen Melancholie er trällerte, ich war.

Zwei Monate vergingen. Ich hatte es aufgegeben, die Zahlen zu verstehen, und suchte während der Unterrichtsstunden nach Ideen für einen Roman. Der Hörsaal war eiskalt, es wurde Winter, und Monique saß immer in der ersten Reihe. Monique. Es war nicht lustig, achtzehn Jahre alt und hübsch zu sein, wenn man Monique hieß und alle die Wortspiele des Komikers Coluche kannten, in denen es um den Fick mit Monique ging.

Aber das war nicht der Grund, weshalb Monique zehn Jahre später ihren Vornamen ändern wird. Das wird sie tun, weil sie nicht mögen wird, wer wir geworden sind, und auch sie davon geheilt werden will.

---

* Gérard Lenorman, *Les Matins d'hiver*, Text und Musik von Richard Seff und Daniel Seff, 1972.

Meine Eltern ließen sich in diesem Winter scheiden. Mein Bruder kam in eine spezielle Einrichtung. Meine Mutter und meine Schwester behielten das große leere Haus in Valenciennes für die nächsten zehn Jahre. Auch Dumbo profitierte von der Scheidung, er verließ ebenfalls seine Mutter und zog zu Anna Nasse (*Anna Nasse*, ich schwöre Ihnen, dafür kann ich nichts), einer Frau, die fünfzehn Jahre jünger war als er, eine reizende, zungenfertige Pharmavertreterin, bei der allein ihr blondes Haar erlaubte, eine Verbindung zu dem berühmten Ananasgewächs herzustellen, das ihr Name besang.

Ich bewohnte ein kleines Apartment in der Rue de Wazemmes in Lille, ein Junggesellenapartment ohne jeden Komfort. Das Bett diente als Stuhl, Sessel, Sofa und Tisch – in letzterem Fall setzte ich mich auf den Boden, um einen Teller daraufzustellen oder meine Aufgaben zu erledigen. Aber ich reihte keine zwei Zahlen aneinander. Ich wollte Wörter aneinanderreihen. Das war mein Schicksal. Das Schicksal, das das einfältige Entzücken vorgezeichnet hatte.

Ich machte mich wieder ans Lesen. *Irisches Intermezzo*, *L'Agneau carnivore*, *Glückliche Tage*, *Warten auf Godot*, der letzte Goncourt-Preisträger, *Die Gasse der dunklen Läden*. Die Worte der anderen weckten meine Phantasie. Mit dem Parker-Kugelschreiber bewaffnet, den meine Mutter mir geschenkt hatte, schrieb ich jede

Nacht. Besessen. Schrecklich glücklich. Meine Hand kannte keine Müdigkeit mehr, kein Krampf besiegte meine Finger. Weder Hunger noch Durst überkamen mich. Ich flog. Sang. Schloss mich meinem Bruder an. Die Worte flossen. Die Blätter färbten sich schwarz. In einer Nacht schrieb ich zweiundzwanzig Manuskriptseiten; schlief im Morgengrauen ein, erschöpft, mit brennenden, fiebrigen Augen. An diesem Tag würde ich den Rechnungsprüfungs-Kurs verpassen, in dem es um *Kapitel III, Ertrags- und Aufwandskonten* ging, was auch immer. Ich war gerade dabei aufzublühen.

Ich erwachte spät, am Nachmittag. Ich las die Kapitel noch mal. Zweimal, dreimal, zehnmal. Rauchte hundert Zigaretten. Ich war stolz auf manche Sätze und lächelte über die Wahl bestimmter Wörter; über einen Dialog hier, eine neue Entwicklung da; ergriffen vom Charakter einer Figur, die von Dumbos Schwäche inspiriert war, einer anderen, die ihre erotische Kraft aus den Zügen der Geliebten zog. Aber etwas rief Übelkeit auf den Plan.

Plötzlich erbrach ich meine Galle. Sie beschmutzte meine bloßen Füße. Ich ließ mich aufs Bett fallen. Mein Körper zerdrückte die mit meinem Gekritzel bedeckten Blätter. Das Geräusch, das sie machten, ähnelte einem Schrei, der mich mein restliches Leben lang umtreiben würde. Was ich geschrieben hatte, war wertlos.

Schreiben heilt nicht, Papa. Es *tötet* dich.

Monique war so alt wie ich.

Sie war seit fünf Jahren mit einem Sportler zusammen, der achthundert Meter lief (seine beste Zeit lag bei 1:45,17) und widerwillig eine Ausbildung zum Schwimmbadfliesenleger machte, da er vorausahnte, dass ihm immer drei Sekunden zur Weltberühmtheit fehlen würden. Beide waren die erste Liebe des anderen; sie war seine Braut, er ihr Erwählter. Sie hatten geplant, nach ihrem Examen zu heiraten, und sobald diese Formalität erledigt wäre, würde Monique dem Tennisclub, in dem ihr Schwiegervater unterrichtete, als Hilfsbuchhalterin in Erstanstellung beitreten. Ihrer beider Leben schien komplett vorgezeichnet, auch wenn man vernünftigerweise vermuten kann, dass Schwimmbadfliesenleger in Lille keine außergewöhnliche Karriere erwartet.

So weit, so gut, stellen Sie sich weiter vor: ein Kind im Jahr nach der Hochzeit, ein Kredit für ein kleines Haus in Wasquehal oder in Ronchin, jeden zweiten Sonntag ein Besuch bei den Schwiegereltern, einen geleasten Peugeot 104, erst Campingurlaub, drei Jahre später Cluburlaub – und Sie werden sehen, dass jegliche Ambitionen, Karriere zu machen, sich legen. Man beginnt zu schätzen, was man hat. Abends macht man sich ein 33 Export auf und den Fernseher an, man rülpst leise vor dem Wetterbericht, schließlich kratzt man sich am Sack und findet, dass es einem doch sehr gut geht.

»Ich werde Schriftsteller«, sagte ich zu Monique an jenem dritten Montag im Januar 1979 in der Mensa, wo wir zum ersten Mal zusammen Mittag aßen. »Ich *muss* Schriftsteller sein.« Sie nickte. Sie lächelte einige Male, selbst als das, was ich sagte, keinen Anlass zum Lächeln bot. Sie zitterte sogar, als ich ihr Wasser einschenkte. Sie hatte keinen Hunger. Sie schob behutsam ihr Stockfischmus zu mir herüber. Ihre Kopfbewegungen ermutigten mich, ich redete viel, ich erzählte von der Zeit, als ich interniert war, ups!, als ich im Internat war, sie lachte, und ich musste es erklären; und während ich die füllige Engländerin und die wenigen weiteren überging, verging die Zeit, und wir verpassten den Beginn der Vorlesung. Wir waren die letzten, die die Mensa verließen. In dem Raum waren Boden sowie drei Viertel der Wände gefliest. War es wegen des eigenartigen Eindrucks, sich in einem leeren Schwimmbad zu finden, dass Monique mir von dem Athleten erzählte? »Ich bin mit jemandem zusammen, aber ich bin mir nicht sicher«, bemerkte sie. War es wegen unserer verpassten Vorlesung, dass sie von Freiheit zu träumen begann? »Gäbe es meinen Schwiegervater nicht, hätte ich mich nie für Rechnungswesen entschieden.« »Was hättest du stattdessen gemacht?«, fragte ich. »Nichts, dir beim Schreiben geholfen«, antwortete sie.

Ihre Antwort war der Beginn und das Ende.

Wir trennten uns. Sie rannte los und versuchte, pünktlich zum nächsten Kurs zu kommen, bei dem es um »das Prinzip der doppelten Buchführung« ging. Ich kehrte in die Rue de Wazemmes zurück. Aufs Bett gefläzt, rauchte ich viel, die Augen schon bald vom beißenden Qualm gereizt. Ich stellte mir vor, wie ich mit Monique schlief. Sie hatte einen dicken Hintern. Aber das war alles. Ich ging am nächsten Tag nicht zum Unterricht. Angst, Monique über den Weg zu laufen, Angst vor Komplikationen. Ich ging ins Kino. Es lief *The Deer Hunter* von Michal Cimino. Das seelenlose Gesicht von Nick (Christopher Walken) treibt mich immer noch um. Er war dort hingelangt, wo nicht einmal mehr die Liebe rettet. Und von der Liebe, die nicht mehr rettet, über die Erlösung begann ich an meinen Bruder da in seiner weißen Anstalt zu denken.

Als ich aus dem Kino kam, kaufte ich einen tragbaren Phonokoffer, viele Batterien, alle Singles von Tino Rossi, Luis Mariano und Les Compagnons de la Chanson, die es gab. Ich ließ alles als Geschenk verpacken und bat den Händler, es meinem Bruder zu schicken. Er protestierte: Ich bin doch kein Postbeamter. Ich legte hundert Francs auf den Tresen, und er wechselte den Beruf.

Als ich mit Chips und einem Sixpack Bier unter dem Arm nach Hause kam, war es dunkel. Monique saß auf den Stufen. Sie lächelte. Von ihren geschlossenen Lippen stieg Dampf auf. Ich öffnete die Tür, wir gingen hinein, und sie küsste mich. Ihre Zunge drang weit in meinen Mund hinein; eine frische sanfte Zunge, ein kleiner Schmetterling. Ihre Arme drückten mich fester, die Chips wurden zwischen uns zerquetscht, und wir begannen zu lachen, ohne mit dem Küssen aufzuhören.

»Ich habe ihn verlassen«, sagte sie.

Wann weiß man, dass man liebt? Am Abend oder am Morgen? Wenn es noch Zeit ist oder schon zu spät?

Ich liebte Monique nicht; das wusste ich sofort. Ich hatte Sartre im Philosophieunterricht gelesen. Er schrieb, dass Lieben vor allem bedeutet, geliebt werden zu wollen. Gide ebenfalls. *Ich will nicht geliebt werden*, schrieb der Päderast, *ich will bevorzugt werden*. Geliebt werden, bevorzugt werden, derselbe Kampf. Dieselbe Feigheit. Wir weiden uns alle an dem Verlangen des anderen nach uns. Keine Liebe dabei. Bloß das Verlangen nach dem Verlangen des anderen. Aber gut. Unsere Feigheit triumphiert. Unser verwünschtes Erbe tritt wieder zutage.

Meine Arme ließen Monique behutsam frei. Ihr Atem wurde ruhiger. Sie fuhr sich mit der Hand durchs Haar und machte eine anmutige Kopfbewegung. Ihr Blick kreuzte nicht sofort meinen, sie ließ ihn zum ersten Mal herumschweifen: Das karge Zimmer, das ungemachte Bett, die Bücher auf dem Boden, das Bier, der ganze Dreck eines noch Halbwüchsigen, und schenkte allem – was mich in dem Moment nicht überraschte – schon einen Besitzerblick. Alles hatte sich in zwei Sekunden entschieden, und ich hatte kein Wort mitzureden. Ihr Blick richtete sich wieder auf mich. Sie lächelte, strich mir über die Wange. »Danke, Édouard, ich bin glücklich, danke, bis morgen.« Und sie verschwand.

Der Phonokoffer stellte ein Problem dar.

Er machte die Zimmergenossen meines Bruders verrückt, die Kinder brüllten, um die Stimme von Fred Mella, dem Sänger der Compagnons de la Chanson, zu übertönen; und wenn die Pfleger sich meinem Bruder näherten, brüllte er noch lauter.

Wir brachten ihm einen Walkman. Ein erstaunlicher neuartiger Apparat, der es ermögliche, leise Musik zu hören, hatte der Verkäufer gesagt. Er hatte es uns demonstriert. Claire machte überrascht einen Luftsprung. Die Geliebte wiederum schloss die Augen, ihr Kopf bewegte sich hin und her, bezaubernd und gefährlich. Wir kauften Kassetten, *Fragile* von Francis Cabrel, *Royaume de Siam* von Gérard Manset, von dem der Verkäufer uns vorschwärmte, und *Chantons Noël* von Tino Rossi, die einzige Kassette von ihm, die er auf Lager hatte.

Bevor wir ihn sahen, hörten wir *Si tu vas à Rio*.

Sobald er uns sah, breiteten sich seine Flügel aus; er schien uns entgegenzufliegen. Es war Winter. Die Erde im Garten lag bloß; andere reglose Kinder schlotterten trotz der ihnen über die Schultern gelegten Decken. Man hätte sie für winzige Schneemänner halten können. Unser Bruder versuchte, uns alle drei zugleich zu umarmen, er lachte und sang, und meine Mutter weinte. Sie kniete nieder, nahm ihn in die Arme, murmelte:

»Mein Baby, mein Baby, mein Kleiner.« Die Fingerfeder des Riesen fing eine Träne auf ihrer Wange auf, führte sie zum Mund, schluckte sie.

Claire flüsterte: »Er nimmt Mama in sein Herz.«

Da holte ich den Walkman aus meiner Tasche, schloss den Kopfhörer an und streckte ihn meinem Bruder entgegen. Er schreckte zurück. Ich setzte mir die Kopfhörer auf, das brachte ihn zum Lachen. »Das ist Musik, die direkt in deine Ohren geht, die singt in deinem Kopf, hier!« Er streifte sich die Kopfhörer über, wie er es mich hatte tun sehen, das Chanson von Cabrel drang in seinen Kopf. Sein ganzer Leib entspannte sich, seine Flügel legten sich zusammen, und die Klauen, die den Griff des Phonokoffers hielten, öffneten sich vorsichtig; Blütenblätter bei den ersten Sonnenstrahlen. Dann stand er auf und rannte, rannte, rannte. Sein Mund sang, aber kein Ton drang heraus. Er behielt die Musik in sich, er behielt die Melodien, die Worte, die Anmut. An diesem Tag schloss er sich in Schweigen ein. Nie wieder hörten wir seinen klaren Gesang, seinen verführerischen Singsang, nie wieder seine Engelsstimme. Ich schaltete den Phonokoffer aus, die Stimme von Fred Mella verstummte. Und es herrschte Stille.

Auf der Rückfahrt fuhr meine Mutter schnell. Wir wären fast frontal mit einem Motorrad zusammengeprallt, das im gleichen Moment wie wir auf die mittlere Fahrbahn ausgeschert war. Meine Mutter riss das Lenkrad herum, bremste unvermittelt, das Auto hielt am Randstreifen an. Sie zitterte. Sie schien vollständig blutleer. Claire packte das Entsetzen. »Mama, was hast du?« Die vorbeifahrenden Laster brachten das Auto zum Zittern. Dann, während der Regen stärker wurde und die Nacht hereinbrach, knatterte die Stimme unserer Mutter: »Wir fahren zurück, ich kann ihn nicht da lassen, ich kann das nicht.« Sie drehte den Zündschlüssel. Der Motor murrte einen Moment, dann startete er. Sie wollte den ersten Gang einlegen, als sie wie ein Akkordeon über dem Lenkrad zusammenfiel. Claire brüllte. Ich drückte meine Mutter zurück an die Lehne, kniff sie in die Wange. Sie atmete schwach. Ihre starr geöffneten Augen waren zwei Wasserperlen. Sie verlor zu Lebzeiten einen Sohn und würde nie davon geheilt werden. Kein Wort würde etwas auszurichten vermögen. Uralte Mutterängste machten sie kaputt, sie, die starke Frau, die Royale-Menthol-Raucherin, die Zerbrecherin der Worte, *Salzstreuer, Teller, Glas, Wasserkrug, Auflaufform*, die herrliche, verlassene, freie Geliebte. Ich half ihr, auf den Beifahrersitz zu rutschen, und setzte mich ans Steuer. Claire protestierte, weil ich noch keinen Führerschein hatte. Ich fuhr an und trotzte den Stahlungeheuern, dem sintflutartigen Regen und den Schatten der Nacht, um uns alle lebend nach Hause zu bringen.

In der gelben Küche waren wir nur noch drei statt fünf. Claire erinnerte sich an die Mahlzeiten von früher, an die lächerlichen Gedichte, die zerbrochenen Wörter, die ungenießbaren Pommes frites, die wir eines Tages durch Unachtsamkeit gezuckert hatten, an die Wörter, die unser Bruder sagte, *Tinzessin*, *delb*, *Nüllerslus*, *éouar*, und wieder an ihn, der ein so schönes Baby war, mit einem Mund wie ein Gendarmenkäppi, an seine langen Mädchenwimpern. An jenen Tag, an dem er, mit blutigen Händen, Rosen nach Hause brachte. »Glaubst du, er kommt eines Tages zurück zu uns?«, fragte Claire. Die Geliebte senkte den Blick. »Ich glaube nicht.« »Wir bräuchten nur alle krank zu sein«, argumentierte Claire, »dann wären wir wieder alle zusammen. Warum sind wir keine Familie wie die anderen, Mama, warum sind Papa und er gegangen?« »Sie sind nicht gegangen, sie verstecken sich in sich selbst.« »Na, mir wäre lieber, sie würden sich im Haus verstecken«, sagte Claire, während ihr eine Träne über die Wange rann, »dann könnten wir sie suchen und sie finden.« »Erinnerst du dich«, fragte meine Mutter Claire, »was dein Bruder sagte, wenn er Angst hatte?« Claire schniefte. »Er sagte *erz*, *erz*.« »Ja, und du glaubtest, er wollte *Schmerz* sagen«, fuhr meine Mutter fort, »aber er sagte *Herz*, *Herz*, weil das der Ort war, an dem er sich verstecken wollte, wenn er Angst hatte, Claire. In deinem Herzen.«

Du wirst nie ein Buch mit Zahlen schreiben.« Monique drängte mich, die Buchhaltung aufzugeben. »Ich werde dir helfen, ich werde arbeiten, als Kassiererin, Verkäuferin, als Ballmädchen, ganz egal, schreib deinen Roman, schreib mir ein echtes Buch.«

Ach, die verführerischen, hinterhältigen Worte; die Worte der Liebe.

Ich verließ also die Universität, kehrte in das Apartment in der Rue de Wazemmes zurück, das sie in ein Schmuckkästchen verwandelt hatte. Auf dem Bett lagen Kissen, an den Fenstern dazu passende Vorhänge. »Das ist Laura-Ashley-Stoff«, erklärte sie mit stolzem Lächeln, »der ist sehr schön.« Auf einem Flohmarkt hatte sie einen Schülerschreibtisch gefunden, unter den ich nur mühsam meine langen Beine brachte; sie nannte ihn den Schreibtisch des angehenden Schriftstellers, und ich lächelte wie ein Depp.

An den Wänden hatte sie ein paar Poster von David Hamilton angebracht, dessen ersten Film, *Bilitis*, mit Patti D'Arbanville und Bernard Giraudeau, sie wahnsinnig toll gefunden hatte. Ich erzählte ihr von dem Lied von Cat Stevens für Patti D'Arbanville: *My Lady D'Arbanville/ Why do you sleep so still?/ I'll wake you tomorrow/ And you will be my fill/ Yes you will be my fill.* Aber sie kannte es nicht.

Ich richtete mich an dem Schreibtisch des angehenden Schriftstellers ein. Sie hatte sechs Bic-Kulis, drei Hefte und einen Umschlag dort hingelegt. Darin ein Foto von ihr. Auf der Rückseite eine Widmung. Ich glaube an dein Talent, arbeite gut, ich liebe dich, *je t'aime*, M (*aime – M*, das war ihr Reim). Ich schlug eines der Hefte auf, zog die Kappe von einem der Kulis. So. Ich war so weit.

Bei mir fiel der Groschen, als ich las, dass die Sache in einem Internat in Amiens geschehen war. Ein großer Kerl mit Strumpfmaske hatte das Feuer auf den verbitterten Pater eröffnet. Dessen Hirn hatte die Wand getüncht, wie man so sagt, dann hatte der Mörder in aller Ruhe genau in dem Moment das Büro verlassen, als die Internatsschüler brüllend aus den Klassenzimmern rannten. Er schoss noch sechs Mal. Fünf Körper brachen zusammen, viel Blut wurde vergossen, Schüler rannten, rutschten aus, fielen auf die klebrigen Leiber. Der Mörder war draußen, als gerade eine Sportklasse zurückkam. Er richtete seine Waffe auf sie, ohne zu schießen. Die Gruppe zerstreute sich.

Während der Lärm der Sirenen stärker wurde, versuchte der Mathematiklehrer, den Täter zu fassen, verfehlte ihn aber. In dem Moment, als der Peugeot 504 Kombi der Gendarmerie direkt vor dem Schultor stoppte, hörte man einen Schuss. Zu spät. Der Kopf des Amateur-Rugbyspielers ruhte bereits auf einem Kissen aus Blut. Gendarmen stellten sich schussbereit auf. Sie riefen die üblichen Aufforderungen. Der Mörder zog die Strumpfmaske ab. Im oberen Stockwerk erkannte ihn der Abt. Er öffnete das Fenster, rief seinen Namen, flehte ihn an, sich zu ergeben, die Waffe fallen zu lassen, um seine Seele zu retten, Vergebung sei möglich, er sei ein Sohn Gottes wie die anderen.

Da richtete Moncassage, die Mördervisage, wie meine Mutter ihn genannt hatte, die leere Waffe seines Großvaters, eine PA 35 S, Kaliber 7,65 mm acht Schuss, auf die Ordnungskräfte und lief vorwärts. Er lächelte unter seinem Schnurrbart. Siebenunddreißig Kugeln stoppten ihn.

Ich legte die Zeitung *Nord-Matin* auf den Schreibtisch des beginnenden Schriftstellers. Ich zitterte. Sah die grausamen Nachrichten wieder vor mir, die in den Gips der Turnhallentoiletten geritzt waren, *Moncassarge ist ein Arsch*.

Ich rief Dumbo an, erzählte ihm die unglaubliche Geschichte. »Du kanntest den Mörder!« »Ja, wir wären beinahe Freunde geworden!« »Wie schrecklich.« Anna Nasse stand neben ihm, neben dem Telefon, um die Worte zu verstärken, die er nicht verstand. Sie wiederholte meine Frage: »Papa, sucht man sich sein Leben aus, oder sucht das Leben sich einen aus? Antworte mir, das ist wichtig.« Stille. Dann die Stimme von Anna Nasse. »Er sagt, das Leben sucht aus. Das ist es, wogegen du kämpfen musst. Das letzte Wort haben. Er entfernt sich, er weint ein bisschen, dein Papa, warte, Édouard, er gibt mir ein Zeichen.« Das Geräusch des Hörers auf einem Möbelstück. Sie kommt wieder. »Er fragt, ob du ihm deinen Roman schicken kannst.«

Dumbo erwartete weinend ein Buch, das ich nicht geschrieben hatte. Er hoffte, ich hätte das letzte Wort. Hoffte, dass es endlich jemand hätte und mit der Zwangsläufigkeit der Dinge bräche, mit dem belastenden Erbe, mit jenen Schmerzen, die man weitergibt, um nicht der Einzige zu sein, der an ihnen leidet.

Monique kam jeden Abend vorbei. Sie stürzte sich auf mein Heft, machte es sich auf meinem Bett bequem, lehnte sich an die *sehr schönen* Laura-Ashley-Kissen und begann zu lesen. Ich beobachtete sie, ich wagte nicht zu reden. »Ich werde nichts sagen, solange du nicht damit fertig bist«, hatte sie gesagt, »kein Wort.«

Das Abenteuer von Moncassage hatte mich zu der Geschichte eines vierzehnjährigen Waisenjungen aus Montaigut-en-Combraille (im Departement Puy-de-Dôme) inspiriert. Der Zweite Weltkrieg steht kurz bevor. Der Waisenjunge hat den Körper eines Mannes, die Seele eines Kindes. Sehnsüchtig wartet er darauf, dass seine Mutter zurückkommt, um ihn zu holen, und genau wie mein Bruder mit den Vogelflügeln singt er manchmal, damit sein Gesang ihr Herz erreicht, aber die Melodie verliert sich im Wind. In der Schule macht man sich über seine Naivität lustig. Auf den Feldern kichern die Mädchen in seinem Rücken. Die bösen Jungen wollen ihn in ihre Banden aufnehmen. Er ist eine Art Lennie Small. Der Krieg bricht aus. Man rekrutiert Freiwillige.

Er verpflichtet sich. Und zum Unglück der Spötter gibt man ihm eine PA 35 S Kaliber 7,65 mm.

Als ich meinen Roman beendete, erschien Roland Barthes' *Die helle Kammer*, Le Clézios *Wüste* und René Fallets *La Soupe aux choux*.

Ich war erschöpft, leer, hatte zu viel geraucht; ich hustete, hatte tausend Glassplitter in den Lungen. Ich war dreckig. »Ich hab es gewusst«, frohlockte Monique, »ich hab es gewusst, es ist herrlich, das ist ein sehr schönes Buch, ich bin so stolz, oh!«

Sie drückte sich an mich, ihr Mund suchte meinen, ihre Hand mein Geschlecht. »Du widmest es mir, nicht? Das erste ist für mich, Hase, es ist meines. Das ist mein Buch.« Sie begann, mir einen runterzuholen. »Ich hör auf mit der Buchhaltung, ich will Schauspielerin werden.« Ihre Lippen berührten meine Eichel. »Du wirst für mich schreiben wie Miller für Marylin; was ich da mache, habe ich noch nie gemacht, du bist der Erste. Ich blase zum allerersten Mal.« Ich spritzte ab. Sie schluckte alles.

Ach, die Gnade der Schriftsteller.

Wir verbrachten ein paar Tage in Le Touquet. Monique ging früh an den Strand, um sich durch die Mittagssonne keinen Hautkrebs zuzuziehen, während ich auf dem kleinen Balkon der Wohnung saß und meinen Roman abtippte, bis es Zeit zum Essen war. Eines Mittags, als ich gerade zu Monique gehen wollte, sprach mich eine Frau im Alter der Geliebten an. Sie wohnte im Gebäude gegenüber.

»Schreibst du ein Buch?«

Ich errötete.

Sie lächelte und wartete auf meine Antwort. »Oder vielleicht lernst du Maschineschreiben?«

Ich blieb stumm.

»Oder bleibst du einfach gern allein, wenn deine Freundin zum Strand geht?«

Plötzliches Hummerrot. Trockener Mund. Sie lachte. Ihre sehr weißen, sehr kleinen Zähne; ihr rosa Zahnfleisch erregte mich, genau dieses Rosa, ein *Porno*-Rosa. Ihre Lippen schlossen sich langsam wieder, wie Beine, die übereinandergeschlagen werden.

»Du bist noch jung, du wirst sehen, eines Tages wirst du mich in eines deiner Bücher aufnehmen.« Wie ein Bedauern.

Sie entfernte sich, ich begriff. Aber zu spät. Eine Frau kann einem eine Ungeschicklichkeit verzeihen, aber nie eine verpasste Gelegenheit.

Meine Mutter und Claire kamen Ende Juli zu uns. Monique gefiel ihnen sofort. Sie kümmerte sich um alles, organisierte die Mahlzeiten, die Tage, die Ausflüge. Claire machte sie sofort zu ihrer großen Schwester. Sie unterhielten sich bis spät in der Nacht, sie lachten, sie waren schön, die eine blond, die andere brünett, die *Demoiselles du Touquet*.

Ich genoss das Zusammensein mit meiner Mutter, holte die verlorene Zeit wieder ein, die Jahre ohne sie.

»Erzähl mir.«

Sie liebte Nana Mouskouri, vor allem *Little Drummer Boy*, und konnte Mireille Matthieu nicht ausstehen. Vier Jahre zuvor hatte sie geweint, als sie *Das alte Gewehr* mit Romy Schneider gesehen hatte, und hielt Roman Polanski für einen widerlichen Kerl. Ich entdeckte, dass sie naschhaft war, und kaufte ihr im Chat Bleu ein Kilo Pralinen. Sie hatte *Der Schrei nach Leben* von Martin Gray zweimal gelesen, und ja, sie würde ihr Leben eines Tages gerne neu beginnen. Im September würde sie sich in Lille für Theologie einschreiben, wo sie einen Einbeinigen kennenlernen und sich von ihm betören lassen würde. »Das habe ich während meiner Analyse bei Boucher gemerkt«, sagte sie, während wir über den Strand liefen, »die Bedeutung von Gott, von all dem« – ihre Hand zeigte auf den Horizont –, »von der Seele. Vielleicht werde ich die Antworten finden.«

»Welche Antworten, Mama?«

»Dein Bruder. Dein Vater. Warum ich verlassen werde.«

»Warst du glücklich mit Papa?«

Sie legte Wert darauf, mir klar zu machen, dass sie sich *wirklich* geliebt hatten. »Er sah gut aus, die Mädchen rannten ihm nach, aber ich war es, die er erwählte, wer kann schon wissen, warum. Ich dachte, ich würde sterben, als er mich um den ersten Tanz bat. Vor Angst hätte ich mir beinahe in die Hose gemacht.«

»Was ist passiert, Mama?«

Sie zündete sich eine neue Zigarette an. »Als er aus Algerien zurückkam, hatte ihn alles Glück verlassen.« Wir liefen einen Moment schweigend weiter. Mit leicht belegter Stimme nahm sie den Faden wieder auf. »Mit vierundzwanzig Jahren hat er in der Sabcha des Chott Ech Chergui einen Sohn in seinem Alter getötet.«

Dumbo hatte ein Gesicht vor dem Lauf seines MAS-36 fixiert, hatte den Abzug gedrückt, sein Finger war erstarrt und die fünf Patronen hatten dem Wilden den Kopf abgerissen.

Er wurde mit schwerer Katatonie nach Frankreich zurückgebracht, blieb ein paar Monate im Militärkrankenhaus von Nancy, bevor er nach Valenciennes zurückkehrte. Bei seiner Rückkehr bot mein Großvater ihm eine Stelle als Direktor im Geschäft an, meine Großmutter trieb die Heirat voran, aus Angst, die geduldige Verlobte würde endgültig die Geduld verlieren und die ersten Narben entdecken.

»Gott, was habe ich deinen Vater geliebt«, schloss sie und zündete sich die nächste Zigarette an, »aber er war danach nicht mehr in der Lage zu lieben. Vielleicht ist dein Bruder der Geist dieses Jungen aus der Sabcha. Unsere Strafe.«

Wind war aufgekommen. Das Salz, das in der Luft tanzte, stach in den Augen; weiße Tränen hinterließen Schmisse auf meinen Wangen, reinigten ihren Kummer, den von Dumbo.

Ich beweinte unsere verlorenen Illusionen, die letzten Worte, die wir nie hatten. Sie schob die Hand unter meinen Arm. Ich legte den Kopf an ihre Schulter.

So liefen wir bis zur Wohnung. Die Nachbarin begegnete uns und sah mich am Arm dieser Frau in ihrem Alter. Sie lächelte, ich erwiderte ihr Lächeln, und es war eine vollkommene Sekunde.

Wir beschlossen zusammenzuziehen, eher als Mitbewohner denn als richtiges Paar. Monique hatte gesagt, sie liebe mich. Ich hatte nichts gesagt, nichts versprochen.

Wir zogen ins Erdgeschoss eines großen Hauses in der Rue Barthélemy-Delespaul. Es gab einen großen Raum mit Küche, zwei kleine Schlafzimmer – für jeden seines, einen Hof.

Als sie die Wohnung fertig eingerichtet hatte, hatte ich den Eindruck, ich bewohnte einen Laura-Ashley-Showroom.

Zu den *Bilitis*-Postern waren jetzt Poster vom letzten Film des Fotografen dazugekommen, *Die Geschichte der Laura M. Schatten des Sommers*, darin unvergesslich: James Mitchell und Maud Adams. Ihre Mutter hatte ihr zwei Regale im Empirestil geschickt. Meine ließ uns zwölf Suppenteller zukommen, rissige Überlebende aus der Erbschaft einer Urgroßmutter. Monique brachte den Karton mit den Porzellanerinnerungen in den Keller, und es war nie wieder die Rede davon.

Dumbo hatte recht. Wenn man nicht das letzte Wort hat, dann hat es das Leben.

Im Zug, der mich an jenem Tag von Paris nach Lille zurückbrachte, war ich noch immer wütend.

Ich hatte Matthieu Galey, einen Literaturkritiker und Schriftsteller, vor allem aber Mitglied des Lektürekomitees bei den Éditions Grasset, in seinem entzückenden kleinen Haus bei Pigalle besucht. Eine knappe Stunde hatten wir damit verbracht, über mein Buch zu sprechen. Er hatte herrliche Worte gesagt: *Potenzial, Verheißung, Phantasie, Stil, Kraft*. Aber sein Mund hatte auch Rasierklingen ausgespuckt: *rasendes Pferd, Durcheinander, Mangel an Strenge, Ungeduld*. Als ich eine Stunde zuvor sein Haus betreten hatte, sah ich meinen Traum vor mir wie Bernadette Soubirous ihre Vision: Der berühmte buttergelbe Grasset-Umschlag, darauf mein Name, der Titel in Dunkelgrün, und dann unten der Name des Verlages. Als ich Aufnahme in seinem Haus gefunden hatte, war ich Rimbaud, Radiguet, Sagan gewesen; ich gehörte zur Familie der zwanzigjährigen Genies, ich würde die Salbung aus den Händen desjenigen empfangen, der mit dreiundzwanzig bereits Autor von *Vitamines du vinaigre* gewesen war … Was die Säure betraf, so wurde ich bedient. Der Homme de lettres begleitete mich bis zur Außentreppe zurück. Er streckte mir freundschaftlich die Hand hin. Sein Händedruck war fest, aber sanft, sein Lächeln reizend, seine Ermutigung erschreckend: »Schreiben Sie Ihr Buch in

Ruhe noch einmal, und schicken Sie es dann direkt an mich.« Ich stammelte ein »Danke«, rannte zur Metrostation Blanche, rempelte Passanten an, wurde beschimpft, überquerte die Rue Coustou, ohne mich umzusehen, heftiges Bremsenquietschen, ein Lieferwagen verfehlte mich nur knapp.

Ich blieb lange in der windigen Kälte der Gare du Nord. Ich wollte nicht nach Hause zurück, ließ drei Züge abfahren. Ich malte mir meine Flucht aus so wie die des wunderbaren Monsieur Monde von Simenon; ich erträumte mir einen neuen Namen, eine neue Kindheit, ohne die Gedichte, die meine Dummheit manifestierten. Ich betrachtete die Abfahrtstafel. Calais, Albert, Lens. Das waren keine Ziele für Fluchten, es waren einfach nur Orte des Unglücks, verregnete Städte, es war nicht Marseille, das stickige, das brutale Marseille, nicht der letzte Zug von Monsieur Monde. Nein. Ich wollte nicht Monique gegenüberstehen, ihrer Wut, vielleicht ihrer Verachtung. Sie würde entdecken, dass ich gewöhnlich war, mich des Opiums ihrer literarischen Vergötterung berauben.

Ein Clochard wollte seinen Fusel mit mir teilen.

Später fragte mich ein junges Mädchen mit geröteten Augen nach einer Zigarette. Ich hielt ihr mein Päckchen hin, und da nur noch eine übrig war, lehnte sie ab. »Das ist deine letzte«, flüsterte sie, »die nehm ich dir doch nich weg.« Die Zeit verging. Plötzlich war es sehr kalt, und ich beging einen Fehler. Ich stieg in den letzten Zug nach Lille.

Ich beging einen weiteren. Ich hielt mich nicht an den Rat von Matthieu Galey.

Monique hatte Claire und unsere Mutter eingeladen. Sie hatten ein Festessen vorbereitet, meine Schwester hatte eine kleine Banderole gemalt: *Willkommen zurück, unser Lieblingsschriftsteller!* Monique hatte Musik aufgelegt. Zu dieser Zeit liebte sie die Chansons von Yves Simon und ließ ununterbrochen die Filmmusik von *Die kleinen Pariserinnen* laufen.

Als ich die Wohnung betrat, warf sie sich mir an den Hals, küsste mich flüchtig auf den Mund, flüsterte: »Ich bin so stolz«, schob den Arm unter meinen und drehte sich, sodass wir meiner Mutter und meiner Schwester gegenüberstanden. Ich fühlte mich einen Moment lang wie ihre Trophäe. Meine Mutter hatte eine Zigarette zwischen den Lippen, zwei Zentimeter Asche; sie war schön; Gena Rowlands (rothaarig) lächelte. »Monique hat es uns erzählt«, sagte sie. »Ich freue mich für euch beide, für euer Buch. Sie hat uns erzählt, wie sie dir geholfen hat, wie sie es aus dir herausgeholt hat, du hast ihr viel zu verdanken, Édouard.« Die Asche fiel ihr auf die Knie und ich auf meinen Hintern. »Sie hat gesagt, was du in dem Buch über mich geschrieben habest, sei sehr schön, auch wenn es mich wohl nicht ganz trifft«, fügte sie rasch hinzu, »da es sich anscheinend um eine abwesende Mutter handelt.« Claire stand in der Ecke und kostete den Moment aus. »Stell dir vor, *du wirst berühmt*!«

Bei Tisch trat meine Mutter in den Fettnapf. »Habt ihr noch nie daran gedacht zu heiraten?« Ich wäre beinahe an der Lucullus-Zunge erstickt. Monique errötete. Nahm meine Hand. »Ich weiß nicht, ob Édouard bereit ist«, sagte sie. »Ich bin bereit!«, rief Claire plötzlich, und wir lachten, »er muss nur lieb und schön wie Joe Dassin sein und für den Heiratsantrag auf die Knie gehen! Sag ja, Édouard, sag ja, bitte!«

Warum habe ich an jenem Abend nicht gewagt, das letzte Wort zu haben? Warum ließ ich mich von Claires Freude angesichts der Vorstellung einer ersten Heirat in der Familie anstecken? Warum hypnotisierten mich die leuchtenden Augen der Geliebten? Warum setzt sich unsere Feigheit immer durch, Papa?

Später kam Monique zu mir ins Bett. Schmiegte sich an mich. Ihr Körper war warm, ihre Hände feucht. Sie flüsterte mir ins Ohr, wollte wissen, wann mein Buch erscheinen würde, wie viel wir verdienen würden. Aber ich hörte nichts, Sohn von Dumbo.

Es war eine schlichte Hochzeit.

Unsere Mütter hatten die Zeremonie organisiert; sie hatten auf der wassergrünen Farbe des Hochzeitsstraußes bestanden, hatten Hüte im selben Grün gekauft und ihre Kostüme ändern lassen; sie lächelten stolz, als der stellvertretende Bürgermeister uns zu Mann und Frau erklärte. Die Menschen im Saal klatschten. Die jungfräulichen Cousins sprangen auf, um die Braut zu küssen. Meine Mutter küsste meine Schwiegermutter. Der Tennislehrer schüttelte mir die Hand und wünschte mir viel Glück. Leute, die ich nicht kannte, sprachen mir ihre Glückwünsche aus; unter ihnen war ein sehr gutaussehender Bursche, der gut und gerne einen Kopf größer war als ich. Er gratulierte mir, aber sein Blick ließ es mir kalt den Rücken hinunterlaufen. Dann entfernte er sich. Ohne zu rennen. Da begriff ich. Ich wandte den Kopf, Monique lag in seinen Armen, sie verharrten reglos; man hätte sie für eine Statue halten können, wie die der von Jules Berry versteinerten Liebenden in *Die Nacht mit dem Teufel*, deren Herzen immer weiterschlagen. Moniques Abschiedskuss für den Sprinter war leidenschaftlich wie ein Wiedersehenskuss. Die Hand meiner neuen Schwiegermutter fiel mir wie Vogeldreck auf die Schulter. »Mach dir keine Sorgen«, flüsterte sie, »sie ist glücklich mit dir, sie wird nicht auf die Pirsch gehen; weißt du, dass er bei einem gewissen Piotr Skrzypirgendwas in die Lehre geht?« Die Geliebte hatte mich nie gelehrt, wie sehr Mütter lügen, sobald es sich um ihre Kleinen handelt.

»Ich freue mich für dich«, sagte Claire, »aber es ist doch schade, dass ihr nicht kirchlich geheiratet habt, es ist schön, wenn alles weiß ist.« Kurz herrschte Stille zwischen uns. Wegen dieses *weiß* dachten wir an unseren Bruder in der weißen Anstalt; an die Härte der Ärzte, die ihn heute nicht mit uns zusammen sein ließen. »Er ist ganz in sich eingetaucht«, sagten sie, »er kommt nicht mehr heraus. Er singt, aber wir haben den Ton nicht. Alles erstarrt.« Sie sprachen von einem reflexiven Syndrom ohne trennbare Dualität. Einer der Männer der Wissenschaft brachte eine Theorie vor, nach der es sich um physische Gründe handele: Er hatte bemerkt, dass der Amygdala-Komplex bei diesem Typus von Kindern größer sei. Ein anderer versuchte es mit einer Metapher. »Es ist wie die Erde, nur dass alle Bestandteile, die sie ausmachen, die Homöostase, Sauerstoff, Wasser, innen sind, was nicht mehr die Erde ausmacht, sondern etwas anderes. Aber was?« Ich wusste, dass sie logen. Dass es Augen gab, die uns noch sahen, Flügel, die ihn zu uns bringen konnten.

»Glaubst du, er ist glücklich?«, fragte Claire.

»Nein, aber wir auch nicht.«

Und unser Kummer verlor sich, da es Zeit war, den Raum für die nächste Trauung freizumachen. Wir begaben uns zu dem Festsaal, den unsere Mütter gemietet hatten. Da sah ich Dumbo. Er trug einen Anzug, den ich nicht kannte. An seiner Seite stand Anna Nasse in einem hübschen hellen Kleid. Sie hielt einen kleinen Strauß in den Händen. Sie waren schön. Man hätte meinen können, die beiden wären die nächsten Brautleute. Er deutete ein Winken an. Ich ging zu ihm. Er umarmte mich. Mein Gott, wie lange war das her.

»Siehst du, wenn man nicht aufpasst, entscheidet das Leben, Édouard. Und manchmal mangelt es ihm an Grips.«

Wir waren Früchte gewesen, plötzlich waren wir Bäume.

Ich war einundzwanzig; der Sohn einer Frau, deren Schönheit verblasste, und eines Mannes, der darauf wartete unterzugehen. Ich war mit einer Mitbewohnerin verheiratet, die davon träumte, Schauspielerin zu werden. Und ich hatte einen Roman neu zu schreiben – *in Ruhe.*

Im Geschäft lief es schlecht. Dumbo hatte versucht, sich dem zu stellen. Er hatte die Kurzwaren- und Konfektionsabteilung geschlossen und sie durch Unterwäsche der Firma Éminence ersetzt, obwohl er überzeugt war, dass niemals ein Mann, der dieser Bezeichnung würdig wäre, seine Slips am selben Ort kaufen würde wie seinen Spargel, seine Milch und seinen Wein. Neben der Unterwäsche bot er das neue Eau de Toilette von Éminence an, das die *Officiel Homme* in ihrer siebzehnten Ausgabe als »Duft von vollkommener, verführerischer männlicher Klarheit« beschrieb. Ich hatte Dumbo im Vertrauen gesagt, dass die Nähe von Unterwäsche und Parfüm, seien sie auch von derselben Marke, Verwirrung stiften könnte. Er blieb meiner Bemerkung gegenüber taub. Die Unterwäsche von Éminence erwies sich rasch als enttäuschend. Daraufhin versuchte er, andere Marken anzulocken, aber alle lehnten freundlich ab. Mein Großvater väterlicherseits sagte eine schmerzliche Apokalypse voraus, aber es war zwecklos; Dumbo hielt an dem Laden fest, begann mit einer Abteilung für feuerfeste Stoffe (Varia, Trevira und DFR 300), um den neuen Gesetzen zu entsprechen; die Gesetze des Verbrauchermarktsektors aber waren erbarmungslos. Da begriff ich, dass der Hinweis *Vater & Sohn seit 1830*, der die Fassade des Geschäfts schmückte, mit diesem Sohn enden würde. Ich begriff, dass mein Vater der letzte Sohn war. Dass er der Totengräber der Händler-Ahnenreihe unserer Familie sein würde. Die Ironie meiner Stellung als erster Sohn entging mir nicht; von nun an war ich ein Baum. Von nun an war es an mir, eine eigene Ahnenfolge zu begründen.

Ich machte mir Sorgen. Eine Zeitlang hatte ich schlechte Laune. Monique machte den Stress über das baldige Erscheinen meines Buches dafür verantwortlich. Sie wusste nicht Bescheid, ich hatte ihr nichts gesagt. »Jetzt bist du Autor bald – und das lässt keinen kalt!« (*Zwei gereimte Sechssilber*, mein Gott, doch nicht sie.) »Denk an die Literatursendung *Apostrophes*, stell dir unser Buch auf der Bestsellerliste vor, stell dir unser Leben vor.« Meine geheiratete Mitbewohnerin glaubte stärker an mich als an alles andere. »Fang bitte ein neues Buch an.« Die Tage vergingen, ihre Schönheit erblühte. Sie ging gerne shoppen. »Mama hilft mir einstweilen«, sagte sie beruhigend. Wenn sie nach Hause kam, bekam ich eine private Modenschau. Sie liebte es, wenn ich sie im Seidenpapier der Verpackung nahm. Das Knistern erregte sie. Ich vermute, sie fühlte sich dann selbst wie ein Geschenk. Eines Abends teilte sie mir mit, sie habe sich für das kommende Jahr bei der Schauspielschule Cours Florentin in Paris angemeldet, wo Francis Huster, der neue Gérard Philipe, eine Klasse unterrichte. »Es wäre gut, wenn dein Buch Geld bringen würde«, sagte sie, »denn der Kurs kostet etwas, und ich werde in Paris eine Wohnung mieten müssen.«

Der Ärger hatte begonnen.

Dreißig Jahre später sehe ich mir die Fotos von Monique an. Nicht eines zeigt sie auf einer Theaterbühne. Oder in einem Bus, der die fröhlichen Schauspieler zu einer Tournee fährt. Nicht ein Bild in einem Garten, mit müdem Gesicht, zerfließender Wimperntusche, schiefer Perücke, Maria Stuart von Schiller auf den Knien. Nicht ein Foto hinter den Kulissen eines Provinztheaters, nackt, kurz davor, eine frivole und ach so provinzielle Cécile de Volanges zu spielen. Nicht ein Bild zeigt sie als kleines Hausmädchen bei Labiche. Oder lachend auf einer Bühne beim Off-Theaterfestival in Avignon.

Dreißig Jahre später erzählen ihre Fotos eine einfache Geschichte. Unsere prunklose Hochzeit. Wie sie in Paris aus dem Zug steigt, im Oktober '82, als sie sich daranmacht, Unterricht bei Huster zu nehmen, der damals wegen seiner zahlreichen Rollen bei Nina Companeez ›Nino‹ genannt wurde. Ein Bild inmitten anderer Schüler bei der Eisdiele Berthillon, in der Rue Saint-Louis-en-l'Île, sie lacht schallend. Ein anderes, später, mit vollem Gesicht, schweren Brüsten, fettem Bauch. Eines von uns beiden, Hand in Hand, wir wirken glücklich; das Bild ist unscharf, meine Mutter hat es in Le Touquet gemacht, und der Rauch der Zigarette, die sie im Mund hatte, brannte ihr angeblich in den Augen, sodass sie nicht scharfstellen konnte. Ein letztes Foto, aufgenommen am Bahmhof am 15. November 1982. Ich trage einen Koffer. Mein Haar ist sorgfältig gekämmt. Der V-Ausschnitt meines Wollpullovers lässt mein zugeknöpftes weißes Hemd sehen.

Ich trage einen dreiviertellangen Regenmantel. Ein angespanntes Lächeln im Gesicht. Traurige Augen. Dieselbe Traurigkeit wie an dem Tag zwölf Jahre zuvor, an dem Dumbo mir das Buch von Giono schenkte. Ich bin gerade zweiundzwanzig geworden. Meine Silhouette ist die eines Mannes, und doch bin ich zerbrechlich wie ein Kind. Ich werde in den Zug steigen, in Brüssel aussteigen, morgen werde ich meine Arbeit beginnen. Ich hasse dieses Foto von mir. Diese Schwäche. Monique lachte, bevor sie auf den Auslöser drückte. Sie sagte: »Cheese. Nur für mich, Hase.« Das Lächeln kam nicht. Ich beobachtete meine Mitbewohnerin hinter dem Fotoapparat; meine Angetraute, die meinem Weg nicht traute. Dem ersten Weg, den ich endlich gewählt hatte.

Das hat doch wohl einer geschrieben, und der wurde dafür bezahlt.

Auf dem Plakat ist ein orangefarbenes Auto zu sehen. Es ist ein Renault 12 – vor einem grünen Hintergrund, den man als das Grün eines Fußballrasens erkennt. Die Fahrertür ist halb geöffnet. Ein junger Mann mit dichtem Haar, das ihm der Wind in die Stirn weht, hält die Tür mit der linken Hand. Seine rechte Hand liegt flach auf dem Autodach. Er trägt ein gelbes Fußballtrikot mit einer schwarzen 12. Sein einzig sichtbarer Fuß, der rechte, steckt in einem schwarzen Stollenschuh; man kann also vermuten, dass er nicht fahren wird. Oben auf dem Plakat ist ein Schriftzug zu lesen: *Der Renault 12 und Michel Platini präsentieren die WM.*

Ich saß im Bus. Das war der Auslöser.

Nichts ist jemals grundlos da. Jemand war dafür bezahlt worden, um das zu schreiben. Acht Wörter und eine Zahl. Ich fühlte mich zu einer vergleichbaren Großtat fähig, ich, der mit sieben Jahren Autor von vier außerordentlichen Versen und einem Dreizeiler über die Transsubstantiation gewesen war. Fähig, *Der Renault 12 und Michel Platini präsentieren die WM* zu schreiben. Auf dem Nachhauseweg kaufte ich eine Zeitschrift und blätterte sie durch. Eine Anzeige zeigte eine goldumrandete schwarze Uhr, die aus einem ebenfalls schwarzen Umschlag ragte. Jemand hatte geschrieben: *Die weltweit flachste Uhr mit Kalender ist schön. Es ist eine Timex.* Eine andere zeigte eine Frau im Abendkleid in ihrem Wohnzimmer, die – recht unbequem, wie mir schien – auf der Armlehne eines Sessels sitzt. In ihrer linken Hand hält sie einen Parfümflakon. Mit ihrer rechten parfümiert sie die Innenseite des Ellbogens ihres linken Armes. Sie sieht uns an. *Ein einziger wunderbarer Tropfen, und Sie werden wissen, warum Estée Lauder ›Le Parfum Private Collection‹ für sich behielt.*

Ich kam nach Hause und wusste es. Ich würde Werbetexte schreiben. Ich sagte Monique nichts. Wir verbrachten einen weiteren Abend wie alte Mitbewohner. Ich spülte Geschirr. Sie las *Die Arbeit des Schauspielers an sich selbst* von Konstantin Stanislawski und runzelte ab und zu die Stirn. Ich hatte die Hände im Spülbecken, und in mir brodelte es, ich erdachte tausend Werbeslogans, sah mich im Pantheon der Werbetexter. Aber wie anstellen? An wen sich wenden? Welche Ausbildung machen? Brauchte man dazu Abschlüsse?

Am nächsten Tag begab ich mich zur Buchhandlung Stoeber und stöberte (einfach, ich geb's zu) in der Abteilung »Marketing« herum. Ich stieß auf *Le Processus de création publicitaire* von Henri Joannis. Ich entschied mich, warum auch immer, für dieses Buch. Ich habe es verschlungen. In was für eine ekstatische Freude geriet ich, als ich das Kapitel über die Kunst der Wortspiele entdeckte. Dort wurden nicht weniger als acht Kategorien aufgezählt. Die Homonymie (deren lebender Gott ich war), die Antanaklase (die Wiederholung eines selben Wortes mit unterschiedlicher Bedeutung), die Homophonie, die Paronymie (gleichklingende Wörter unterschiedlicher Bedeutung, als Beispiel nannte er

Gans und ganz), Halbreime, Alliterationen (pff, ein Kinderspiel), Lautmalerei und schließlich das Homoioteleuton (was ich ständig praktizierte, ohne es zu wissen, da dieser Begriff für einen Satz stand, in dem Reime in Form identischer Wortendungen enthalten waren, als Beispiel nannte er *mitgegangen, mitgefangen, mitgehangen*). Als ich die letzte Seite gelesen hatte, beschloss ich, ein paar Werbetexte zu schreiben und sie dann einer Werbeagentur zu präsentieren. Im Grunde: Werbung für mich selbst zu machen.

Dumbo und Anna Nasse luden mich zum Mittagessen ein. Ihr lag daran, dass ich zu ihnen kam, auch wenn er sicher die Anonymität eines Restaurants vorgezogen hätte.

Erstaunlich, mein Vater hier inmitten dieser Sachen, auf diesem Sofa, in diesem Licht, in dieser Wohnung – ohne etwas von uns um sich herum, kein Foto, kein idiotisches Geburtstags- oder Vatertagsgeschenk; nur er, umgeben von Eulenfiguren, die Anna Nasse sammelte. Es gab Hunderte davon. Das Schlimmste war nicht die Geschmacklosigkeit der meisten von ihnen, sondern das Unbehagen, das mir ihre hervorstehenden Augen und scharfen Blicke verursachten. Anna bot mir einen Sessel an, brachte Champagner. »Das müssen wir feiern«, sagte sie.

Als ich beide so freundlich sah, stieg ein Bild meiner Eltern in mir auf.

Er sitzt am Tisch in der gelben Küche, sie nähert sich, um die Salatschüssel dort abzustellen, geht hinter ihm vorbei und küsst ihn in den Nacken. Sie lachen. Mein Bruder hält sich seufzend die Hand vor die Augen, die kleine Claire klatscht vor Freude und schmeißt dabei ihren Plastiklöffel irgendwohin. Das Glück war damals nichts anderes. Einfach nur eure Mama, die euren Papa in den Nacken küsst, als sie sich zu Tisch setzt. Nur das.

Dumbo prostete mir zu. »Schreibst du immer noch?

Er ist sehr wortbegabt«, sagte er zu Anna, »schon als ganz Kleiner schrieb er kleine Geschichten, ich glaube, sein erstes Gedicht hat er mit sieben geschrieben, kannst du dir das vorstellen? Und du erinnerst dich sicher, Édouard, vielleicht kannst du es uns aufsagen? Anna würde sich sehr freuen.« Mein Vater war stolz. Ich sah zu Boden.

Daraufhin stellte er sein Champagnerglas ab, erhob sich.

Und in der plötzlichen, beeindruckenden Stille des Wohnzimmers deklamierte er unter den grauenhaften Blicken von Hunderten von Eulen langsam mit ernster Stimme:

»Mama
du bist kein Lama
Papi
und du kein Okapi
Oma
du singst Paloma
Opi
alle machen Pipi.«

Anna applaudierte. Eine Träne stieg mir in die Augen, schwer wie das Quecksilber, das fünfzehn Jahre zuvor aus seinen Augen geflossen war.

Einen Augenblick lang war ich wieder zum Sohn geworden, zum Kind, zu einem unvergesslichen Menschen.

»Das erinnert mich an die gelbe Küche«, sagte er, »aber wir sind jetzt keine Familie mehr, das ist alles verloren.« Anna legte behutsam die Hand auf die meines Vaters.

Er zündete sich eine Zigarette an. Als er den Rauch ausstieß, begleiteten den Rauch Worte. »Ich erinnere mich an einen Sommer in Le Touquet. Es war schrecklich windig, ein Sturm; niemand wagte es rauszugehen, die Wellen waren mörderisch hoch. Die Ferienwohnung, die wir gemietet hatten, war plötzlich kalt und feucht. Ihr wart unausstehlich. Vor allem dein Bruder. Er warf sich gegen die Wände wie eine im Glas gefangene Fliege. Du hast ihn in die Arme genommen, um ihn zu beruhigen, hast versucht, ihn zu wiegen und dazu *Schlaf, Nico, Brüderlein* gesungen, aber er war so stark, dass er dich mit sich riss und ihr gegen die Wände, die Möbel fielt. Und du hast gelacht. Und dein Bruder hat gelacht. Und weder deine Mutter noch ich konnten euch stoppen. Ihr wart beide woanders. Ihr habt die kleine Wohnung verwüstet. Als dein Bruder sich beruhigt hatte, wollte deine Mutter, dass wir hinausgehen. Ich war dagegen. Es war gefährlich. Der Wind draußen wehte alles fort; auf dem Deich flogen Fahrräder umher, ein Crêpes-Stand war mitgerissen worden. Liegestühle waren von Balkons geflogen und hatten Menschen verletzt. Aber deine Mutter hat euch trotzdem angezogen, sie hat ihr Kopftuch umgebunden und die Tür geöffnet. Jaulend kam der Wind hereingefegt. Alles flog im Wohnzimmer umher. Ich rief: ›Geht nicht raus!‹ Ich hatte Angst, euch zu verlieren. Da hat deine Mutter mich angesehen, ihr habt euch alle drei an ihr festgeklammert, sie hat sehr traurig gelächelt und gesagt: ›Du hast uns schon verloren, schon verloren …‹, und ihr seid im Wirbel verschwunden.« »Man soll die alten Sachen nicht immer wiederkäuen«, unterbrach ihn Anna. »Schenk noch mal ein, der Champagner wird warm.«

Später bei Tisch machte er sich Sorgen, dass ich keine Arbeit hatte, dass ich das Studium geschmissen hatte. »Ich werde Monique und dir nicht mehr lange helfen können. Im Geschäft ist es hart. Vielleicht hattest du recht, Parfüms und Slips vertragen sich nicht gut.« Er plante einen Räumungsverkauf. Jemanden aus dem Weg räumen, ein Geschäft räumen, dasselbe schreckliche Wort. Ich versuchte ihn zu beruhigen. Erzählte ihm von Moniques neuer Leidenschaft für das Theater, vom Cours Florent, ein anspruchsvoller Kurs, Papa, mit Francis Huster, einem bekannten Schauspieler, in der Welt der Stars zählt das sehr. Anna zuckte unmerklich mit den Schultern. Daraufhin erzählte ich von meinen Plänen mit der Werbung. Dumbo machte sich noch größere Sorgen. »Aber das ist doch kein Beruf, so was. *Werbefachmann*! Ich kannte mal jemanden, der vor ein paar Jahren Flugblätter für das Geschäft gemacht hat, der hat mir geschworen, das würde Kunden anziehen, ich würde meinen Umsatz verdoppeln, von wegen.« Dumbo war rührend, beklagenswert. Anna nahm seine Hand. »Lass ihn sein Leben leben«, sagte sie, »er ist ein guter Sohn. Also, einen Kaffee? Einen kleinen Schnaps? Noch einen, einen letzten, denn wir müssen doch schließlich deinen ersten Besuch bei uns feiern.«

Die Zeit verging. Anna Nasse, die seit einigen Minuten ziemlich hin und her gezappelt hatte, ging hinaus; ich nutzte die Gelegenheit, um Dumbo zu fragen, ob wir ihm fehlten. »Denn du fehlst mir«, sagte ich, »mein Bruder fehlt mir; erinnerst du dich an die Wörter, die ich für ihn geschaffen hatte? *Nüllerslus* für Brot. *Schlafegeh* für Bett.« »*Delb* für Gelb«, fuhr mein Vater fort, »und auch für Sonne.« »*Tinzessin* für Claire«, sagte ich.

»*Bau* für Blau, für Bad, für Bank«, fuhr er fort, »ich erinnere mich an alles, Édouard, deine Wörter machten ihn glücklich, und ja: Er fehlt mir.«

»Hast du schon einmal einen Menschen getötet, Papa?«

Er nahm die Brille ab und rieb sich die Augen. »Hat dir das deine Mutter erzählt? Als sie mich fragte, ob ich sie nicht mehr liebte, war das die einzige Antwort, die mir eingefallen ist.« Ich wurde bleich. »Die einzige.« »Die Wahrheit hätte sie zerstört.« »Aber das hat sie zerstört.« »Nein, Édouard, was sie zerstört hat, war, was sie von sich selbst erwartete, was sie nicht erreichen konnte.« Ich begriff nichts mehr. Die Wasserspülung war zu hören. »Du hast also niemanden in Algerien getötet?« »Doch. Einen Jungen in meinem Alter. Aber das hat nichts damit zu tun.« Anna Nasse betrat das Wohnzimmer.

Dumbo drehte am Regler seines Hörgeräts und kehrte in sein Schweigen zurück.

Meine erste Idee waren faltbare Kartonstühle. Ich hatte ihnen einen Namen gegeben: *Kartoknick.* Und eine Anzeige entworfen, um ihre Stabilität zu zeigen. Darauf sah man einen umgekippten Stuhl und oben auf der Seite zwei Füße, die ins Leere ragten. Ich hatte geschrieben: »Kartoknickt, aber bricht nicht« – eine paronymische Struktur nach Joannis.

Auf die zweite hatten mich die schlimmen Bilder von dem Robbenbaby-Massaker fünf Jahre zuvor gebracht, die Brigitte Bardot so bewegt hatten. Stellen sie sich ein Pferd mit Decke oder einen Yorkshire-Terrier im Regenmantel vor, aber Decke wie Mantel sind aus menschlicher Haut. Ich hatte geschrieben: *Tun Sie Tieren nichts an, was diese nicht auch Ihnen antun dürften* und mit dem WWF-Panda unterzeichnet.

Die dritte Idee war für eine humanitäre Hilfsorganisation bestimmt. Kinder in einer ausgedörrten Wüste und die riesigen Worte darüber: *Wasser fällt nicht vom Himmel.*

Für die letzte Idee hatte ich eine neuere Werbung für den Renault 5 genommen *(Mein Renault 5 ist eine Hexe)* und den Slogan durch *Mein Renault 5 verhext mich* ersetzt.

Ich hatte einige Zeit auf die äußerliche Präsentation dieser Ideen verwendet und war meinem Kunstlehrer in der Schule dafür dankbar, dass er mir die anspruchsvolle Kunst des Letterings und der Typographie und die wesentlichen Grundlagen des Layouts beigebracht hatte.

Ich zeigte Monique meine Ideen. Sie begriff nicht alles, auch wenn sie es toll gemacht fand. »Sind die Zeichnungen wirklich von dir?« Vor allem aber begriff sie nicht, was das mit meinen Büchern zu tun hatte. Da erklärte ich ihr, dass es mir im Augenblick nicht gelänge zu schreiben, dass ich einen Beruf zum Leben suchte. »Um deinen Kurs zu zahlen, die Miete für eine Wohnung in Paris und die Miete hier, damit du glücklich bist, Monique, damit wir eines Tages zusammen ein Haus haben und einen Fernseher und woandershin in die Ferien fahren können als zu deiner Mutter nach Le Touquet.« »Was, du magst meine Mutter nicht?« »Ich mag deine Mutter, was soll ich denn noch sagen, Monique? Dass sie die beste Mutter der Welt ist?« »Ja!« »Also gut, ich sage es, sie ist die beste Mutter der Welt.« »Also bitte, Édouard, mach dich nicht über mich lustig.« »Ich mache mich nicht über dich lustig, Monique.« »Und was ist das für eine Geschichte mit der Menschenhaut auf einem Pferd und auf dem Yorkshire-Terrier, bist du verrückt geworden oder was? Und die abgemagerten Kinder da, geht's noch? Was meinst du denn, woher das Wasser kommt, wenn es nicht vom Himmel fällt? Also wirklich, du tätest besser dran und riefest Galey an (*dran/an*, ihr erstes Homoioteleuton), und frag ihn, wo unser Buch bleibt, denn das zieht sich ziemlich hin, dabei gibt es keinen Grund dafür, dass es sich hinzieht, verdammt noch eins!« Dann verstummte sie. Und ich verstummte.

Ihre Wangen waren rot, ihr Atem ging keuchend; ein Haar klebte ihr an der Stirn, zeichnete eine feine dunkle Narbe auf ihre Nase. Meine Lippen zitterten. Meine Fingerspitzen kribbelten. Wir sahen uns an und spürten zum ersten Mal den Bruch, jenen Riss, der uns packen und Jahre später zermalmen würde und mit uns das Gute und das Schlechte, die Kinder, die Träume, die Anmut und die Wut mitreißen würde. Und da die angekündigte Düsternis uns erschreckte, begannen wir zu lachen. Ein Lachen, das alle Befürchtungen für ein paar Stunden beiseitefegte. Wir fielen auf die Entwürfe der Werbung. Das Geräusch, das sie machten, als sie zerdrückt wurden, erregte meine Mitbewohnerin sehr viel weniger als das leise Knistern von Seidenpapier.

Den nächsten Tag verbrachte ich damit, die Entwürfe wiederherzurichten. Monique war um fünf Uhr aufgestanden, hatte schweigend einen Tee getrunken und sich dann auf den Weg zum Sechs-Uhr-Fünf-Zug nach Paris gemacht. Sie hatte ein zweites Vorsprechen beim Cours Florent, danach würde sie sich kleine Apartments und Dachzimmer ansehen.

Das Bild mit den ausgehungerten Kindern hatte am meisten gelitten. Im *National Geographic* entdeckte ich zwei mögliche neue: Eines zeigte zwei indische Kinder in der Thar-Wüste, die Stücke aus dem Gerippe einer Hirschziegenantilope rissen; das andere eine algerische Mutter im Reg von Tanezrouft, die einen kleinen abgezehrten Körper trägt und weint. Dann nahm ich die Typographie des Slogans wieder in Angriff, änderte sie in eine schicke Baskerville – ich liebte ihre schmalen Rundungen, und während ich gerade beim *c* von *nicht* war, hatte ich plötzlich eine Vorahnung.

Ich griff nervös nach dem Telefonbuch und suchte in der Kategorie Fliesenleger nach Piotr Skrzypczak. Als ich ihn gefunden hatte, rief ich an und fragte, ob ich den Auszubildenden sprechen könne, den Sportler. Der gute Piotr Skrzypczak antwortete mir in seinem rudimentären Französisch: »Er ist Paris, wegen Prozess gegen Tante.«

Da wusste ich es.

Ein paar Tage später zeigte ich mein Dossier in einer Werbeagentur in Lille. Ich wurde höchst freundlich empfangen. Ein Mann stellte sich mir als Artdirector vor und musterte dann meine Entwürfe. »Ist das menschliche Haut?« »Ja.« »Eine gute Idee, brutal, aber eine gute Idee.« Mein Herz begann zu klopfen. »Aber das wird nie jemand kaufen.« »Warum?«, wagte ich zu fragen. »Wegen der Nazis, der Taschen, der Geldbörsen, der Lampenschirme, all dem.« »Aber das hat doch nichts damit zu tun«, protestierte ich. »Vielleicht, aber so ist es eben.« »Also keine gute Werbung?« Er lächelte, in den Augenwinkeln bildeten sich Falten, plötzlich sah er sehr alt aus. »Doch, das ist gute Werbung.« Daraufhin kritzelte er etwas auf ein Blatt. »Da, ruf den Menschen hier an und sag, ich schicke dich, er übernimmt eine Agentur in Brüssel, er sucht Texter.« Brüssel? Texter? Eine Stunde später rief ich mit heiserer Stimme und feuchten Händen *den Menschen hier* an. Er schlug mir ein Treffen am Tag darauf vor. Die Agentur hieß Intermarco-Farner. Sie befand sich in der Ladengalerie Agora gegenüber der Königinnengalerie im Zentrum von Brüssel; zu ihren Kunden gehörten Renault, Europ Assistance, *Le Soir*, die Reederei Sealink und RTL; der Mensch hieß Michael Goldstein und: Ja, er suchte einen Texter.

Sofort danach rief ich Dumbo an. Ich wollte das mit ihm teilen: diesen Moment des ersten Blattes an meinem Baum. Anna Nasse wiederholte mehrmals sehr laut: »Es ist Édouard, Édouard, er hat ein Vorstellungsgespräch wegen einer Arbeitsstelle, ja, einer Arbeitsstelle.« Kurze Stille. »Dein Vater lächelt, Édouard, er sagt, du wirst erwachsen, du entscheidest dich, zu entscheiden, das ist gut. Warte, ich gebe ihn dir.«

»Ende nicht so wie ich.«

»Ich habe endlich das Buch von Giono gelesen, Papa. Bobi sagt, man könne den Menschen heilen. Man könne die Welt ändern.«

»Dann tu es.«

Mir gegenüber las ein Mann *Der Name der Rose*, das ein paar Monate zuvor erschienen war. Während der gesamten Reise hob er kein einziges Mal den Blick, nicht einmal, als der Schaffner seinen Fahrschein kontrollierte. Nicht einmal später, als ich ganz allein in Gelächter ausbrach.

Ich betrachtete den Schutzumschlag von Ecos Buch. Als ich Matthieu Galey an jenem Tag verlassen hatte und davongerannt war, als ich blind die Rue Coustou überquert hatte, auf das Risiko hin, überfahren zu werden, wusste ich, dass ich meine Geschichte nicht *in Ruhe* neu schreiben würde. Ich hatte sie im Wirbel meiner zwanzig Jahre ausgespien, jener ungestümen Überheblichkeit, die einen glauben lässt, dass die Jugend alle Begabungen hat und von jeglicher Nachsicht profitieren muss. Ich hatte die Vorstellung geliebt. Geschrieben zu haben. Veröffentlicht zu werden. Hatte Moniques Verlangen geliebt. Diese Totgeburt hatte unsere Beziehung begründet. Sie war deren erste Lüge gewesen. So wie das Bravo der Oma bei ihrem Reim mit Paloma. Die Gewissheit von Claire, dass mich ein Schicksal jenseits jeglicher Langeweile erwarten würde. Ich hatte das Schreiben geliebt, Dumbo, weil du mich deshalb geliebt hast. Weil Worte das Quecksilber aus deinen Augen haben hervorquellen lassen. Ich hatte Vergnügen daran gefunden, aber Vergnügen macht noch kein Buch. Es entfernt zeitweilig die Angst. Betäubt flüchtig die Zweifel. Ich bin kein Heiler, Papa, aber ich verspreche dir, ich werde lernen. Die Methoden kennenlernen. Die Regeln beherrschen. Und dann werde ich eine Liebesgeschichte schreiben.

Die unserer Familie.

Der Mann blätterte die Seiten um, folgte Adson von Melk durch die verlorene Abtei; ich wandte den Kopf und sah nach draußen. Hinter dem Abteilfenster Weizen, Rüben, Mais, Kartoffeln; Nahrung bis ins Unendliche.

Ich fuhr nach Lille zurück.

Heute hatte Michael Goldstein meine Reklame gemocht. Heute hatte Michael Goldstein mich eingestellt. Ich würde in zwei Monaten beginnen, so hatte ich genug Zeit für den Umzug nach Brüssel. Er hatte mir ein Gehalt von achttausend Francs pro Monat angeboten (der Mindestlohn lag bei dreitausendvierhundertneunundzwanzig Francs und einem Centime). Meine Wörter, *Das Wasser fällt nicht vom Himmel, Tun Sie Tieren nichts an, was diese nicht auch Ihnen antun dürften, Kartoknickt, aber bricht nicht, Mein Renault 5 verhext mich*, machten aus mir einen reichen jungen Mann. Reicher als ein Schriftsteller. Ich dachte an das, was Dumbo seinen Angestellten immer wieder sagte. »Wenn auch jede Arbeit einen Lohn verdient, so verdient doch jeder Lohn Arbeit.« Die Worte meines Vaters; sie hatten ihn verarmen lassen. Ich brach in Gelächter aus.

Der Leser zuckte nicht mit der Wimper.

Ich brachte eine Flasche Taittinger und einen großen Brioche, eine Cougnolle, nach Hause. Der Korken knallte, und wie man in der Champagne sagt, *wenn ein Korken knallt, hört man eine Frau lachen*. Moniques Augen glänzten. Prost! Auf die Worte, die sich in Gold verwandeln!

Dreißig Minuten lang war alles vollkommen. Ihre Hände streichelten meine Hand, zeichneten dort die *Die Karte des Landes Zärtlichkeit* nach. Ab und zu senkte sie den Kopf, dann hob sie ihn mit einer anmutigen Bewegung wieder. Parade. Koketterie. Gurren. Wir beide plötzlich verliebt und unsterblich; einer nach dem anderen überqueren wir den Strom Neigung und die Flüsse Wertschätzung und Dankbarkeit. Ich erzählte ihr von Brüssel, beschrieb die Schönheit der Königinnengalerie, in der sich ein Theater befand, ja, dort konnte sie Unterricht nehmen.

»Aber ich komme nicht mit«, stieß sie hervor.

Die halbe Stunde war vorbei. Sie hatte den See der Gleichgültigkeit erreicht.

»Ich komme nicht mit, Édouard. Ich gehe nach Paris, das habe ich dir doch gesagt.« »Aber wir sind verheiratet.« »Nein, wir haben unseren Eltern eine Freude gemacht, haben die Erwachsenen gespielt, aber wir sind kein Paar, Édouard. Nur Mitbewohner unseres Lebens, wie du so richtig sagst.« »Also, ist es vorbei?« »Nein, warum sollte es vorbei sein«, antwortete sie. »Wir vögeln miteinander. Wir lachen. Manchmal träumen wir von denselben Dingen. Aber wir haben auch unsere Wege, für die wir uns entschieden haben.«

An diesem Abend beschlossen wir, unsere Wohnung aufzugeben. Sie würde nach Paris gehen, die Laura-Ashley-Kissen, David-Hamilton-Poster und die Empireregale mitnehmen, ich würde den Schreibtisch des beginnenden Schriftstellers und die gesprungenen Teller im Keller behalten (*Teller/Keller* – einfach so).

Wir hatten uns nun nicht mehr viel zu sagen. Ich erinnere mich, dass wir sehr traurig waren. Dass wir das Bedürfnis hatten zu weinen, dass aber keiner von uns beiden seine Schwäche offenbaren wollte. Wir hatten die Cougnolle nicht einmal probiert, und ich wusste, dass weder der eine noch wahrscheinlich die andere sich jemals wieder einem süßen Brioche nähern würde. Wir trennten uns, ohne uns zu trennen, lebten zusammen, ohne zusammen zu sein. »Dafür wirst du mich eines Tages lieben«, schloss sie.

Wir fassten uns an den Händen. Sie waren eisig.

Das Foto, das ich verabscheue, auf dem man mich am Bahnhof mit einem Koffer in der Hand sieht und auf dem ich trotz des »Cheese. Nur für mich, Hase« von Monique nicht lache, wurde an jenem Tag aufgenommen.

Ich hatte in einem Hotel nahe der Chaussée d'Ixelles über einem Schnellrestaurant ein Zimmer gemietet. Keinerlei Komfort, keinerlei Service, nur ein annehmbarer Preis für die vier Nächte, die ich jede Woche dort würde verbringen müssen. Ich erinnere mich an die erste Nacht in diesem Zimmer.

Ein Sonntag. Es regnete. Das Zimmer war feucht, die Heizung quasi nicht vorhanden, der Bettüberwurf aus dunkelbrauner Baumwolle, wie mit Ausschlag. Das gelbe Waschbecken befand sich gegenüber dem Bett, darüber ein fleckiger Spiegel und eine kleine Neonlampe. Im Spiegel sah ich mein trauriges Gesicht. Mein Internatsschülergesicht, zwölf Jahre zuvor. Ich räumte meine Sachen nicht in den Schrank, setzte mich aufs Bett, verharrte lange reglos.

Dann begann mein Puls sich zu beschleunigen, meine Hände zitterten; wieder war mir kalt, so wie in meinen Stunden der Angst. In meinem Bauch schwoll eine Kugel an, ich hatte das Bedürfnis, mich zu erbrechen, bekam keine Luft mehr, begann aber wider jede Erwartung zu lachen. So wie man bei Beerdigungen lacht. Ein überraschtes Lachen, weil man nach einem schrecklichen Unfall immer noch am Leben ist. Es war ein nicht enden wollendes, schmerzhaftes, abscheuliches Lachen. Es wurde an die Zimmertür geklopft, es wurde »Ruhe da drinnen!« gerufen. Plötzlich bekam ich Angst, beruhigte mich, wie man es mir befahl, und legte mich auf den ekelhaften Bettüberwurf. Ich bewegte mich nicht mehr. Ich starrte die Zimmerdecke an. Die feuchten Flecken. Erahnte darin Länder, Honduras, das einem galoppierenden Flusspferd ähnelt, Personen. Ich versuchte, nicht an das zu denken, was hätte sein sollen. Monique in Paris. Die Kindheit, die fehlte, weil ich sie nicht genug ausgekostet hatte. Mir wurde einfach nicht warm. Ich zündete die millionste Zigarette an, dann öffnete ich den Koffer, um alle Kleidung herauszunehmen, die darinlag, und mich damit zuzudecken. Wie mit einem Leichentuch.

Ich starb, aber weinte nicht.

Am nächsten Tag kam ich um Punkt neun Uhr in die Agentur. Michael Goldstein führte mich durch alle Büros, bevor er mir meines zeigte, in dem eine nagelneue Kugelkopfschreibmaschine IBM 82 C aufgestellt worden war. Vor allem aber stellte er mir dort Jacques Cowet vor, den Artdirector, mit dem ich von nun an zusammenarbeiten würde. Er war im Alter meines Vaters.

Ich setzte mich an meinen Schreibtisch, zugleich stolz und verängstigt, ich ahnte voraus, dass man für das astronomische Gehalt astronomische Dinge von mir verlangen würde. Es dauerte nicht lange.

Michael Goldstein bestellte uns zu einem *Briefing* (?) am frühen Nachmittag ein. Es ging darum, eine Anzeige für Europ Assistance zu entwerfen, die alle Wintersportler dazu animieren sollte, eine Versicherung abzuschließen. Eine *Account Executive* (?) versorgte uns mit Informationen, zeigte einen Überblick über die bisherigen Werbekampagnen und erklärte die Strategie (?), für die sie sich bei dieser Anzeige entschieden hatte. Sie redete dabei von *insight* (?), Ziel, Konzept (?), von Versprechen und von *RTB*, alias *reason to believe*, von Stimmlage und von TP (anscheinend *Tagespresse*). Ich schrieb alles auf. Jacques Cowet sah mich grinsend an. Machte er sich über den kleinen Neuen lustig? Die *Account executive* (?) gab jedem von uns ein Blatt, auf dem alles, was sie gerade gesagt hatte, zusammengefasst war, und ich begriff, warum Jacques Cowet grinste.

Wir kehrten in unser Büro zurück. Jacques legte die Füße auf den Tisch und begann *Moniteur Automobile* zu lesen wie ein Teenager den *Playboy*. Wieder und wieder las ich das *Briefing*. *Versprechen:* Mit Europ Assistance habe ich die Gewissheit, dass mir immer jemand zur Seite steht. Ich fahre beruhigt los. *Stimmlage:* Emotional. *RTB:* Sieben Tage die Woche, vierundzwanzig Stunden am Tag in einhundertundfünfzig Ländern. Übernahme der Krankenkosten vor Ort. Rücktransport, falls nötig. Zwölf Millionen Kunden. (Sieben Sanitätsflugzeuge von Europ Assistance hatten die Opfer der Katastrophe auf dem Los-Alfaques-Campingplatz in Spanien fünf Jahre zuvor zurückgeflogen.) *Geschichte:* Gegründet von Pierre Desnos 1963 in Frankreich (unterstützt durch die Versicherungsgesellschaft La Concorde), dann 1964 in Belgien. Erfinder des Prinzips der modernen medizinischen Assistance (Notfall-, Transport- und Katastrophenmedizin). *Erbetene Arbeit:* Halbseitige Anzeige TP F&B.

»Hast du eine Idee?«, warf Jacques mir zu. Ich war bleich. »Ich hab nicht die geringste, mein Lieber. Mach dir keine Sorge. Es ist fünf, für heute hören wir auf, wir sehen morgen weiter.«

In der Nacht schlief ich nicht.

Ich verließ das Hotel im Morgengrauen, lief bis zur Chaussée de Wavre, auf der Suche nach einem offenen Zeitungskiosk. Ich kaufte *La libre Belgique*, *Le Soir*, *L'Avenir du Luxembourg*, den *Courrier de l'Escaut* und sogar *De Standaard* und *De Morgen*, obwohl ich kein einziges Wort Flämisch konnte. Ich lief zur Königsgalerie, setzte mich in das berühmte Mokafé und bestellte einen dreifachen Espresso, bevor ich jede Werbung analysierte – bis zu der für Tonton-Teppiche. Tonton trug einen zusammengerollten Teppich über der Schulter, und die Überschrift besagte: »Bei uns gemacht – zu Ihnen gebracht!« (*gemacht/gebracht*, Homoioteleuton nach Joannis)

Ich war als einer der Ersten in der Agentur. Als die *Account Executive* eintraf, fragte ich sie, ob sie Briefe von Kunden habe, denen Hilfe geleistet worden war. Sie lächelte. »Tausende. Ich habe sogar welche hier in meinem Büro.« Sie hielt mir zwei Dutzend hin. Ich überflog sie, suchte ein Wort, einen Auslöser. Und plötzlich war er da. Stéphanie Bauchau aus Etterbeek. Achtzehn Jahre. Eine regelmäßige Schrift. Kleine Kringel über den i. Ein Herz über dem i ihres Vornamens. *Nach meinem Skiunfall*, so schrieb sie, *haben mir die Witze des Krankenwagenfahrers das Herz erwärmt.*

Heilige Stéphanie. Ich hatte meine Anzeige. Meine erste Werbeanzeige. Ich würde ihr Foto, ihre Worte verwenden. Ich würde nach »das Herz erwärmt« die Worte *wie ein Grog* hinzufügen, um die emotionale Seite zu verstärken. Als Jacques eintraf, hatte ich die Anzeige gezeichnet und einen Slogan gefunden, der unter Europ Assistance stehen sollte: *Fahren Sie nicht allein in die Ferien.* Er lachte, zog seine Jacke wieder an. »Na, dann fahr ich in die Ferien.«

Die Anzeige erschien zwei Wochen später in *Le Soir* und *La Libre Belgique.* Sie nahm die Hälfte von Seite 5 ein. Jacques war zu Stéphanie gefahren und hatte ein Porträt gemacht. Er hatte ihre Fotos von den Skiferien an die Wand hinter ihr gepinnt und ihre Élan-Skis neben ihr platziert. Stéphanie Bauchau zitterte, als der Fotograf auf den Auslöser drückte; am Ende verlieh diese Angst dem Bild seine ganze Wahrheit.

Am Tag, als die Anzeige erschien, kaufte ich sechs Exemplare des *Soir*, und Annie Vachon betrat mein Büro.

Ich bin deine Kuh, deine dicke Kuh, beiß mich, streichle mich, saug mich, leck meine langen Zitzen, saug mein Euter, saug, mein Kleiner, mach's dir schön, steck deinen Schwanz rein, mach mich voll, fick mich in den Arsch, mach's dir schön, ich bin deine Kuh, deine gute Kuh, oh, ich muhe, muhe, mach mit mir, was du willst.«

Ich war schnell zum Geliebten von Annie Vachon geworden, deren Name, nicht jedoch ihr Aussehen an eine Kuh erinnerte. Sie hatte es so beschlossen.

Eines Abends gingen wir noch was trinken, unten neben der Agentur. Sie hatte Wein bestellt, ich einen Kaffee, sie hatte gelacht. »Und warum nicht gleich ein Glas Milch, Baby?« Ich war rot geworden. Sie hatte ein zweites Glas Wein bestellt. Wir hatten uns zugeprostet. Sie hatte ihr Glas in einem Zug geleert.

Sie war nicht richtig schön. Zehn Jahre älter als ich. Nicht schlank, nicht groß, aber mit jenem *gewissen Etwas*, das die Männer verrückt macht.

In der Agentur hatte man einmal um ihre Hand angehalten. Ein Kunde wollte ihretwegen seine Frau verlassen. Ein enttäuschter anderer liebäugelte mit Barbituraten. Manchmal warteten Blumensträuße auf ihrem Schreibtisch. Ihr Geburtstag wurde nie vergessen, ihr Namenstag am 16. Juli ebenso wenig, und ein paar Entflammte führten heimlich die früheren, von Paul VI. festgelegten Daten wieder ein, den 10. März und den

16. August, sodass sich ihnen zwei zusätzliche Chancen boten. Gerüchte schrieben ihr tausend Liebhaber zu. Die Frauen in der Buchhaltung flüsterten hinter ihrem Rücken klebrige Wörter. *Nymphomanin*, *Flittchen*. Die strengeren waren beleidigend. *Schlampe. Nutte, dich würde ich rausschmeißen. Ein Eimer Eiswasser, genau!* Annie Vachon verdrehte Köpfe, löste Paare auf und das Bedürfnis nach Mord und nach Liebe aus.

Als ihr Glas Wein geleert war, fragte sie, so schlicht, als hätte es sich um die Uhrzeit gehandelt: »Vögeln wir bei dir oder bei mir?«

Meine Hände waren feucht, mein Herz raste, als wir ihre Wohnung betraten. Sie machte kein Licht, führte mich in ihr Schlafzimmer, riss uns die Kleidung vom Leib, dann zog sie mich ungestüm, heftig, stürmisch in sich; mit dem Tosen eines Stromes flossen die Worte aus ihrem Mund. »Ich bin deine Kuh, deine dicke Kuh, beiß mich, streichle mich, saug mich.« Ich war erregt und erschrocken und gedemütigt, und es war mir peinlich, und plötzlich war mir gar nichts mehr peinlich. Ich berauschte mich an ihrem Fleisch, tauchte in all ihre Öffnungen ein, entdeckte den Geschmack und den Ekel des Leibes. Ich war unmoralisch, unkeusch, gab mich verschwenderisch hin, tat, was sie befahl, bereitete mir Vergnügen, beschmutzte mich, demütigte mich; meine Ruchlosigkeit ließ meine Nacht aufleuchten; sie war eine Kuh, ich war ein Ferkel, wir suhlten uns im Schlamm.

Als festgestellt war, dass meine Jugend derart erschöpft war, dass es nicht mehr möglich wäre, erneut einen hochzubekommen, bevor nicht ein paar Stunden vergangen wären, schmiss sie mich aus ihrem Bett, aus ihrem Zimmer, aus ihrer Wohnung. »Geh jetzt, lass mich.« Sie warf mir Schlüssel zu. »Nimm mein Auto, es gibt keine Taxis mehr. Na los. Verschwinde. Hau ab.« Ich kam der Aufforderung nach, verschwand in der hellen Nacht. War nur noch ein Schatten unter Schatten. Ich brauchte eine gewisse Zeit, um ihr Auto zu finden. Noch länger, als ich am Steuer saß, um wieder zu Atem zu kommen und die Ruhe meines Herzens wiederzufinden, bevor ich endlich den Schlüssel drehte, startete und losfuhr, bis ich auf dem Tisch des Hotelzimmers Moniques Foto wiedersah, das sie mir geschenkt hatte – sie mit sechzehn, einen breiten Strohhut auf dem Kopf. Sie trägt ein leichtes Kleid von Laura Ashley, und das schelmische Gegenlicht offenbart ihre beiden jungen Brüste, ihre dunklen Warzenhöfe, ihr winziges weißes Baumwollhöschen.

»Ich werde immer bei dir sein«, hatte sie mir gesagt, als sie mir ihr Bild schenkte.

Als ich ins Hotel zurückkehrte, begannen die ersten Bäckereien zu duften, zu dieser Uhrzeit schlief Monique sicherlich noch, dort in ihrem Pariser Apartment in der Rue Saint Paul, vielleicht in den Armen des Sprinters oder in den blasseren, schwächeren eines durchreisenden Theatertypen oder auch jenen, absolut kalten, der Leere eines Lebens. Ich stellte mich rasch unter die Dusche. Meine Finger, meine Lippen, meine Zunge, jeder Quadratzentimeter meiner Haut schwitzte die Geographie der Gerüche von Annie Vachon aus. Als ich eingeseift, geduscht, abgetrocknet war, waren die Gerüche immer noch da; meine scharlachroten Buchstaben. Ich legte mich nackt aufs Bett. Fuhr mit den Fingern zur Nase, berauschte mich wieder an den schrecklichen Gerüchen, der klebrigen Lust, der Scheiße, dem Blut.

Plötzlich bekam ich Angst. Plötzlich das Bedürfnis, wieder Kind zu werden, in die mütterlichen Arme des Mitgefühls und des Verzeihens zu tauchen; das Bedürfnis zu fliehen, diese fremde Stadt zu verlassen, die Agentur, in der ich ihr jeden Tag begegnen würde und von nun an jeden Tag in ihren Augen ihren Genuss lesen würde, mich verdorben zu haben, ihren Sieg, mich die Schwärze meiner Seele geliebt haben zu lassen.

Zur gleichen Zeit starb in New York ein Sänger langsam an einer grauenhaften Krankheit, von der man zunächst glaubte, sie sei den Grünen Meerkatzen Senegals oder Äthiopiens vorbehalten, dann den schwarzen Menschen, dann den Homosexuellen. Wir hörten nichts, wir ahnten nichts, wir wussten nicht einmal, dass Klaus Nomi Spritzen brauchte, um stark genug für seine letzten Auftritte zu sein, wir hörten nichts, wir hurten rum, die taube Kuh und das taube Ferkel, ohne Präser, ohne Tabu, ohne Moral.

Wir hurten rum.

Selbst wenn es schlecht für sie endet, so hatten Bobi und Dumbo recht. Der Mensch gesundet.

Vorausgesetzt, er beschließt es.

Ich wollte keine dreckige kleine Männer-Banalität. Der Idiot mit Frau in Paris und Geliebter in Brüssel. Das Leben des Idioten zwischen den beiden. Lügen, Verschwörungen, Alibis. Ich mochte mein Leben nicht mehr, und um es zu ändern, beschloss ich, beide zu verlassen. Ach, der Sohn von Dumbo, der Erbe seiner Feigheit, so ein kleiner Mensch!

Aber das Leben hatte auch noch ein Wörtchen mitzureden.

Es ließ mich einen kleinen weißen Peugeot kaufen; es prämierte ein paar von unseren Werbekampagnen, eine Konkurrenzagentur versuchte mich abzuwerben, und Michael Goldstein erhöhte mein Gehalt, damit ich blieb; es verschmähte meine Entschlüsse und ließ mich weiter Annie Vachon bespringen; schließlich zwang es mich, Monique zu treffen, um von Scheidung zu reden.

Die Begegnung fand in Paris statt, auf der Île Saint-Louis in der Eisdiele Berthillon. Zwei Monate hatten wir uns bereits nicht gesehen. Sie hatte sich die Haare abschneiden lassen, die Augen mit Kajal geschwärzt. »Ich probe die Antigone von Anouilh«, sagte sie, sie hatte abgenommen, und ich musste unwillkürlich an den Text von *La Bohème* von Aznavour denken.

Dans les cafés voisins/ Nous étions quelques-uns/ Qui attendions la gloire/ Et bien que miséreux/ Avec le ventre creux/ Nous ne cessions d'y croire.

Und in den Cafés nebenan/ da saßen wir zusammen/ und erwarteten den Ruhm/ Und litten wir auch Not/ und war der Magen leer/ so glaubten wir daran.

Ich fand sie blass, sie fand mich schön. Der Rindergerüche wegen behielt ich die Hände in den Jackentaschen. Sie bestellte ein Glas Weißwein. Ich hatte sie nie zuvor Alkohol trinken sehen, und als ich sie darauf ansprach, sagte sie: »Es ist eine besondere Gelegenheit, wir haben uns was zu sagen.«

Hatte ihre weibliche Gabe des Wissens um die Zukunft sie bereits über das unmittelbar bevorstehende Desaster informiert? Hatte sie, *sie*, etwas entschieden? Hatte sie mir zu sagen, was ich vermutete? Würde sie den Sprinter, den Theatertypen oder die Leere beichten? Man brachte den Weißwein, den Rotwein. »Prost«, flüsterte sie. »Fang du an.«

Ich fing an.

Unsere unglückliche Ehe. Meine schwindende Liebe. Unsere Partnerschaft, die nie wirklich eine war. Unsere getrennten Wege. Die dreihundert Kilometer zwischen Paris und Brüssel. Ihr Apartment. Mein Hotelzimmer. Die Bücher, die ich nicht schrieb. Ihr Theater, das sie jetzt schon zu ermüden schien; die Verheißungen der Bühne und der Bohème, *immer noch Worte, immer nur Worte*, sang Dalida*. Meine Einsamkeit. Mein Brüsseler Zölibat. Meine Versuchungen. Ihre Pariser Freiheit. Ihre Möglichkeiten.

---

* Dalida, *Paroles, Paroles*, mit Alain Delon.

Ich hörte nicht mehr auf.

Sie brachte mich zum Aufhören. Mit drei Wörtern. Drei Kugeln.

»Ich bin schwanger.«

Unsere Tochter kam dreizehn Monate später auf die Welt.

In der Zeit dieser sehr langen Schwangerschaft kreierte ich eine Werbekampagne für den Renault 9, in der die Roboter zu Wort kamen, die ihn produzierten, eine andere für die Tageszeitung *Le Soir*, die eine große Beilage über den Charakter der Brüsseler lancierte. Außerdem schrieb ich Anzeigen für Sealink und setzte die Saga Europ Assistance fort. Wir erhielten Preise. Michael Goldstein war im siebten Himmel. Und Annie Vachon warf mich so schnell weg, wie sie mich gepackt hatte.

Ich hatte kein Anrecht auf ein höfliches Adieu, ein Glas Wein; nur ein paar kurze Worte eines Abends in der kalten Tiefgarage der Agentur: »Es macht mir keinen Spaß mehr, mit dir zu vögeln.« Und ohne mir die Zeit zu einem vagen Protest zu lassen, stieg sie mit einer geheuchelt untröstlichen Geste ins Auto, fuhr los und verschwand. Einfältig, verärgert und zugleich erleichtert blieb ich stehen. Gleichwohl wäre ich gern in der Lage gewesen, sie zu verlassen, ein paar männliche Worte zu sagen, aber man sollte meinen, dass sie uns nicht einmal dieses Knöchelchen Stolz ließ. Annie Vachon saugte uns an, schluckte uns, spuckte uns wieder aus. Wir waren ihre *Sex Toys*, ihre Antidepressiva. Wir waren ihre Leuchtbojen, Lichter in der Dunkelheit. Als sie vier Jahre später sterben und ein Mädchen mich anrufen würde, weil mein Name in einem Adressbuch zwischen vierhundertsiebenundneunzig anderen Männernamen stand, und als die Stimme dieses Mädchens, von deren Existenz ich nichts wusste, mir mitteilen würde, dass ihre Mama an einer Lungenentzündung infolge einer Aids-Erkrankung verstorben sei, würde ich großen Kummer empfinden. Aber nein, ich würde ihr nicht böse sein, wenn ich mich eines Morgens, im fahlen Licht des Morgengrauens, das die Feiglinge so gut verbirgt, ins Krankenhaus von Clichy begeben würde, um dort einen Aidstest durchführen zu lassen. Ich würde ihr nicht böse sein, wenn ich meinen beiden Töchtern beim Spielen zusehen und mich dabei fragen würde, ob ich das Blut einer von beiden oder beider vergiftet hätte. Ich würde an unsere fleischigen Liebesstunden denken. Dann würde ich das Geräusch unserer Leiber wieder hören, ein Geräusch wie das von einem Schnitzel, das man klopft, damit es mürber wird. Dann würde ich ihre schmerzvollen Befehle wieder hören, *geh jetzt, hau ab, verschwinde*; dann würde ich mich ihrer Stimme erinnern, die in diesem Moment immer brach, in dem Augenblick, wo das Geräusch der zuschlagenden Tür sie in die Stille ihrer Einsamkeit tauchte, sie der Brutalität ihrer Gespenster überließ.

In der Zeit dieser sehr langen Schwangerschaft bekam Monique nicht die Rolle der *Antigone* von Anouilh, genau so wenig wie sie die eifersüchtige Armande in den *Gelehrten Frauen* oder Doña Prouhèze in *Der seidene Schuh* spielte, dem Stück, das so lang war, dass Louis Jouvet darüber gesagt hat: »Zum Glück gibt's den nicht als Paar«, und auch nicht Hermance in *Von Dreien der Glücklichste* von Labiche.

Gedemütigt verließ Monique also Paris und schwor sich insgeheim zurückzukehren. Sie kam zu mir nach Brüssel, ich gab das Hotelzimmer auf, wir mieteten eine Wohnung in der Rue Fossé-aux-Loups, und sieben Monate, nachdem sie mir bei Berthillon angekündigt hatte, sie sei schwanger, rundete sich endlich ihr Bauch, und ihre Brüste wurden schwer.

»Wünschst du es dir?«, fragte Dumbo, als ich ihm die Neuigkeit überbrachte.

»Ich dachte, es könnte ein Wunder bewirken.«

»Ach, ein Wunder. Welches?«

»Uns vereinen. Uns wieder zu vereinen.«

»Solche Wunder bewirken Kinder nicht.«

Ich hörte ein Geräusch. Dann die Stimme von Anna Nasse im Hörer. »Dein Vater ist müde.«

An jenem Tag war es sehr heiß.

Moniques Termin war fast erreicht, und sie hatte inzwischen siebzehn Kilo zugenommen. Sie hatte mich angerufen, damit ich auf dem Nachhauseweg bei Delhaize einen Ventilator kaufe. Ich hatte nicht besonders zu tun, also machte ich früh Feierabend.

Plötzlich war ich von der Stille überrascht. Die Stadt wirkte, als sei sie erst geplündert und dann verlassen worden. Kaum Autos, die Straßencafés menschenleer. Überall eine Schicht aus Bierdosen, Zeitungen, dreckigem rotem, blutrotem Papier, zerrissenen schwarz-weiß gestreiften Papierfähnchen, Hamburger-Verpackungen. Die Stadt war dreckig. Still. Gefährlich.

Im Supermarkt kaufte ich einen Standventilator. Ich hörte, wie zwei Menschen über das Spiel redeten. »Gehst du nicht hin?« »Bist du verrückt, mit all den *Geneiveineus* da? Ich hab keine Lust, mich zu prügeln!« *Geneiveineus*, ein Brüsseler Ausdruck für Säufer.

Monique fläzte sich auf dem kleinen Sofa. Eine Schweißkrone bekränzte ihre Stirn. Ich schloss den Ventilator an, der begann, die warme Luft umzuwälzen, brachte ihr ein Glas kühles Wasser, sorgte dafür, dass ihr nichts fehlte, und schaltete den Fernseher ein.

An diesem Tag wurde im Heysel-Stadion das Endspiel des Europapokals der Landesmeister ausgetragen. FC Liverpool gegen Juventus Turin.

Sechzigtausend Menschen hatten die Stadt verlassen, um sich am Nachmittag ins Stadion zu begeben. Um ein schönes Fußballspiel zu sehen.

Stattdessen würden sie neununddreißig Tote sehen, die in der Tribüne Z zerquetscht werden würden. Sechshundert Verletzte. Den Schandfleck eines Sports. Eine dahingeraffte Stadt.

Die ganze Nacht zerrissen Sirenen die morbide Stille der Brüsseler Innenstadt.

Auf dem Bildschirm zogen Textzeilen über die obszönen Bilder und riefen Pflege- und Ärzte-Personal dazu auf, sich dringend zu ihren jeweiligen Arbeitsstellen zu begeben, die Reservisten in ihre Kasernen. Bei dem Spiel, das schließlich doch noch angepfiffen wurde, um weitere Tote zu verhindern, erzielte Platini den Siegtreffer durch einen verwandelten Strafstoß.

In dieser Nacht befand sich das Land im Krieg. Die Armee brachte die englischen Fans zurück zu den Schiffen. Die Polizisten geleiteten die Italiener zu ihren Zügen.

In dieser Nacht erstickte die Verzweiflung das Herz der Belgier. Am Morgen redeten sie nicht mehr.

An diesem Morgen kam in der Stadt des Kummers Mathilde zur Welt.

Die gewaltige Öffnung von Moniques Geschlecht beeindruckte mich.

Man hätte einen Kopf durchstecken können, und genau das passierte; ich wäre beinahe mächtig ohnmächtig geworden (*Homoioteleuton nach Joannis* – das war lange her). Dort, im Kreißsaal, dachte ich an die gewaltige Öffnung des Geschlechts von Rosa, der Titelheldin des Romans von Maurice Pons, durch das einfache Soldaten, Kanoniere, Feuerwerker, Infanteristen, Unteroffiziere, Offiziersanwärter, Erste Standortoffiziere, Reiter, Pferde und selbst ein gewisser Hauptmann Malard hindurchgegangen waren. Die Geburt meiner Tochter hatte nichts von der in Büchern verheißenen Schönheit. Monique brüllte, ihre Hand zerquetschte meine, brach mir den kleinen Finger. Ihr Gesicht schien gleich zu explodieren, als sie presste. Die Hebamme feuerte sie an: »Pressen Sie, pressen Sie, gut so, Sie arbeiten gut« und hielt die Hände vor den dunklen Schlund wie ein Rugbyspieler im Toben des Gedränges vor den Ball. Nichts war wirklich schön. Der verschmierte Kopf tauchte auf, mit geschwollenen Lidern, violetten Ringen um die Augen, man hätte meinen können, ein geprügeltes Kind. Monique brüllte, sie wolle aufhören zu leiden, sie wolle sterben. »Der Kopf ist da, wollen Sie einen Spiegel, wollen Sie sie sehen?« Eine Niederkunft ist ein Krieg, in dem man nicht die Waffen strecken kann. Es ist ein unermesslicher, unglaublicher Schmerz, den Hubert Selby jr. sich vergleichbar mit dem Schmerz vorstellte, »eine Wassermelone zu scheißen«. »Wenn die Schultern durch sind, ist das Schlimmste vorbei«, sagte die Hebamme aufmunternd, »wollen Sie wirklich keinen Spiegel? Ich hole sie nämlich jetzt raus, ich werde Ihnen helfen, atmen Sie, so ist gut, so ist es sehr gut, sehr, sehr gut.« Monique öffnete die Augen und sah mich an. Ich hatte diesem verstörten Blick keine Worte, keine Gesten zu entgegnen. Monique glitt weg. Sie tauchte ab, verschwand. Die Freuden des Davor, die ersten entstehenden Rundungen, die ersten Fußtritte, die sich auf dem Bauch abzeichnen, die Worte des Wartens, die Träume von einem Leben mit Kind hielten diesem Schmerz nicht stand. Mathilde fegte alles beiseite. Ich wies die Krankenschwester darauf hin, meine Lippen artikulierten Silben. *»Es-geht-ihr-schlecht-helfen-Sie-ihr.«* Die Krankenschwester lächelte mir zu, zuckte leicht mit den Schultern. Noch so ein junger Vater, der wegen nichts verrücktspielt, der denkt, die Geburt seines Kindes sei das bedeutendste Ereignis der Welt. Aber es werden siebenhundertfünfzigtausend Kinder wie Ihres pro Jahr geboren, also lassen Sie uns unsere Arbeit machen. Eine Sekunde lang schien mir, das Leben würde Monique verlassen, und in gewisser Weise geschah genau das. Die Hebamme schrie: »Ich hab's!« Wie ein Kind, das auf dem Jahrmarkt beim Angelspiel endlich einen Fisch am Haken hat. Sie hielt Mathilde in den Händen, hob sie hoch ins Licht, das Kind schluckte und brüllte. »Es ist ein kleines Mädchen, ein schönes kleines Mädchen, und auch wenn sie ein bisschen zu früh gekommen ist, so war sie doch bereit, wirklich, ja, sie war bereit.« Dann legte die Hebamme sie Monique auf die Brust, wie man Blumen auf einem Toten ablegt. »Ich lasse Sie Bekanntschaft schließen.« Die Krankenschwester und sie entfernten sich, eine von ihnen dimmte das Licht, und wir waren endlich allein, alle drei, zum ersten Mal in der Welt.

»Ist sie normal?«, fragte mich Monique mit einer Stimme, die vom Schreien zerrissen und von der Angst gebrochen war. Ich betrachtete den Körper unserer Tochter, zählte durchaus zwei Arme, zwei Beine und jeweils fünf Finger oder Zehen an den vier Gliedmaßen.

»Ihr Gesicht, sieh dir ihr Gesicht an«, sagte sie.

Ich ging ums Bett herum, beobachtete. Sie hatte einen bezaubernden Mund, genussvolle Lippen; ihre Lider waren geschlossen, verklebt vom Fruchtwasser, erstarrt von der Angst vor der strahlenden Brutalität der Welt; die Form ihres Schädels war vollkommen und in der Form ihrer entzückenden Nase machte ich keinerlei Anomalie ausfindig. »Sie ist normal«, murmelte ich, »sie ist auch schön.« Monique traten Tränen in die Augen, rannen ihr über die Wangen. Ihre Hände lernten Mathilde kennen, während ich die beiden anschaute, meine Frau und meine Tochter. Moniques Streicheln milderte Mathildes Ängste, und ein Lachen drang ihr über die Lippen.

Das Lachen einer Überlebenden.

Meine Mutter kam für drei Wochen nach Brüssel. Sie lernte ihre Enkelin kennen; fand frühere Gesten wieder: das Wiegen, das Windelnwechseln, Hände, die Mitosyl auftragen und zu Puppen werden. Ich sah ihr zu, wie sie idiotische Worte, schwachsinnige Ausdrücke wiederfand, diese ganze seltsame Sprache, die man Babys gegenüber verwendet, weil die ihre angeblich nur aus kullernden Bauchgeräuschen und Blähungen bestehe. Als ich die beiden beobachtete, wurde mir klar, was man alles verliert, wenn man groß wird, all das, was die Amplitude der wachsenden Arme nun zu erreichen verhindert.

Wenn man sehr klein ist, erlaubt die Länge der Arme es gerade, das Herz derer zu erreichen, die uns küssen. Wenn man groß ist, sie auf Abstand zu halten.

Und wenn die junge Großmutter lachte, erinnerte mich ihr Lachen an unseres in der blassgelben Küche von Valenciennes, an unser Lachen zu Zeiten der Vorhölle, unserer Kindheit, als alles noch möglich war, Treue, Liebe und sogar eines Tages ein Medikament für meinen Bruder.

Aber es kamen die Stürme und die schlechten Begegnungen, und unsere Leben kippten.

Ich war zu meiner Reklame zurückgekehrt. Michael Goldstein hatte beschlossen abzunehmen. Er hatte das Stella Artois durch Cola light ersetzt, die im Jahr zuvor auf den Markt gebracht worden war. Er wurde übellaunig, ohne dass sein Taillenumfang von diesem Opfer profitiert hätte. Bei seinem letzten Check-up erhielt Jacques Cowet ziemlich schlechte Nachrichten über sein Herz; er bekam Angst, beschloss, mit diesem *schrecklich* stressigen Beruf in der Werbung aufzuhören, kündigte und kehrte nach Braine-l'Alleud zurück, woher er stammte. Er fand eine Stelle im Tourismusbüro, wo er Broschüren und Flyer entwarf, die jene hübsche kleine Stadt in Wallonisch-Brabant, ihre Spazierwege, die Reitausflüge, den Löwenhügel und ihre Lebensqualität preisen sollten.

Annie Vachon wiederum war sechs Wochen in Urlaub gewesen. Nach ihrer Rückkehr redeten wir kaum miteinander. Kaum ein Guten Tag. Kaum ein Blick. Immer war ich der Erste, der die Augen senkte. Als ich einige Jahre später Carole Bouquet in dem Werbespot für Chanel N° 5 zu ihrem Geliebten sagen hörte: *Du hasst mich, nicht wahr? Sag es. Sag, dass du mich hasst. Es ist ein verwirrendes Gefühl, ein sehr verwirrendes Gefühl. Denn ich hasse dich. Ich hasse dich so sehr, dass ich glaube, ich werde daran sterben … an der Liebe*, wusste ich, dass das die Worte waren, die ich ihr gerne geschrieben hätte.

Ich hatte mich in ihr verirrt, und sie hatte nicht versucht, mich wiederzufinden. Sie hatte es zugelassen, dass ich mich an den Wänden ihres Körpers stieß, ohne jemals ihr Herz zu öffnen. Ich hatte sie nicht verloren. Ich hatte mich verirrt.

Ich hatte beschlossen, mit Monique und unserer Tochter nach Paris zurückzukehren. Uns eine Chance zu geben. Ich wollte an das glauben, woran ich geglaubt hatte. Dass ein Kind vereinen und wiedervereinen kann. Pech für dich, Dumbo.

Am Vorabend ihrer Abreise teilte die Geliebte uns mit, sie habe jemanden kennengelernt.

In diesem Jahr erschien René Bellettos *Höllische Augenblicke*, Marguerite Duras' *La Pute de la côte normande*, und *Der Name der Rose* wurde zum Film, während mein Werk sich um einen Slogan für eine Anzeige vergrößerte, die den Commodore 64 bewarb (8-Bit-Mikroprozessor und 64 KB Arbeitsspeicher), sowie um eine Serie von Plakatslogans für die Markteinführung des Renault 11 TXE, das erste Auto dieser Klasse mit einem sprechenden Bordcomputer – eine anfangs ziemlich unangenehme Stimme –, der einen unaufhörlich zur Ordnung rief. *Tür nicht richtig geschlossen. Legen Sie den Gurt an. Benzinstand niedrig. Ölwechsel in einhundert Kilometern.* Wir lachten in der Agentur. Wir stellten uns weitere großmäulige Sprüche für die Stimme vor. *Nimm die Hand vom Bein der Mitfahrerin. Hör auf, dich am Sack zu kratzen. Nimm den Finger aus der Nase.*

Zwei Millionen Franzosen lachten, als sie *Drei Männer und ein Baby* im Kino sahen, und weiter im Osten verging kurz darauf Millionen von Menschen das Lachen – wegen der Explosion des Reaktors von Tschernobyl, deren bösartige Auswirkungen auf wundersame Weise an unserer Grenze haltmachten.

Die Geliebte lernte in diesem Jahr im theologischen Seminar der Universität Lille Xavier Lenglet kennen, einen verdrossenen Seminaristen, der nach Jahren des Seminars noch immer nicht den so ersehnten Ruf gehört hatte. Verstimmt hatte er sich daher nach Afrika begeben, der Wiege der Menschheit. Er verbrachte zwei lange Jahre in Mali, grub dort in der brennend heißen Erde der Wüste nördlich von Araouane, ließ Wasser sprudeln und brach dann auf, um in einer Schule südlich von Tenkodogo in Burkina Faso französische Grammatik zu unterrichten. Infolge eines Motorradunfalls am Stadtrand von Abidjan wurde ihm das rechte Bein amputiert. Als Claire und ich erfuhren, dass es sich bei dem Motorrad um eine starke BSA Rocket 3 von 1972 handelte, gab ich ihm den Spitznamen *der Engländer*, und Claire konnte sich den reizenden Kommentar nicht verkneifen: »Dir fliegen die Wörter wirklich zu.« Er kehrte einbeinig nach Frankreich zurück, legte Prüfungen ab, um Professor zu werden, und erhielt schließlich einen Lehrstuhl für modernen Skeptizismus an der theologischen Fakultät von Lille, wo er den Pyrrhonismus und den Fideismus von *De Natura Deorum* von Cicero und den *Octavius* von Minucius Felix lehrte. Und obwohl all diese Themen uns armen Menschlein vollständig unverständlich scheinen mögen, hatten sie die glückliche Eigenschaft, den Abenteurer und unsere Mutter zusammenzuführen. »Er ist ein erstaunlicher Mensch«, sagte sie, »er ist außerordentlich redegewandt.« Die Geliebte schien verzaubert. Mit halb geschlossenen Augen träumte sie von apologetischem Skeptizismus, afrikanischem Staub, dem Lärm eines britischen Motorrades. Der Engländer war ihr Solal, ihr Gatsby. Er führte sie weit weg von den Enttäuschungen Dumbos und den Jacques-Anquetil-Trainingsanzügen. Meine Mutter war fünfundvierzig. Sie träumte von ihrer zweiten Chance. Sie senkte den Blick. »Das leere

Hosenbein ist erst ein Schock«, flüsterte sie, »aber man vergisst das sehr schnell. Erzähl ihm von dir, was du tust, das interessiert ihn. Er mag junge Leute, er ist auf alles neugierig.« Ihre Stimme kippte leicht. Sie wünschte sich so sehr, dass er der Richtige sei, der, der sie endlich für immer glücklich machen würde.

Aber das Leben ist grausam.

»Mir kommt es vor, als würde ich dich schon gut kennen«, sagte mir der Engländer bei unserer ersten Begegnung. »Ich weiß, dass du eine entzückende kleine Mathilde hast, dass deine Frau Schauspielerin werden will, dass du Erfolg in der Werbung hast, aber vor allem weiß ich, dass du Schriftsteller bist.«

Ich warf einen Blick zur Geliebten, ihre Wangen erröteten, sie senkte sofort den Blick.

»Ich schreibe auch. Ich habe eine kleine Schrift über Notre-Dame du Saint-Cordon veröffentlicht.«

Im Jahr 1008 kam die Pest über Valenciennes. Ein Massensterben. Achttausend Tote in wenigen Tagen. Die Überlebenden umringten unter Tränen die Altäre der Gottesmutter. Diese war gerührt, und am 7. September 1008 wich das Dunkel einer großen Helligkeit: Die Jungfrau erschien vor fünfzehntausend niederknienden Zeugen; in ihren Händen hielt sie ein scharlachrotes Band, mit dem sie die Stadt umgab, die daraufhin vor dem ungläubigen *Yersinia pestis* geschützt war.

Der Engländer vollendete gerade eine zweite kleine Schrift. Diesmal über Maximilian Kolbe. Den Franziskanerpater, der am 14. August 1941 in Auschwitz im Austausch für einen Familienvater sein Leben gegeben hatte. Vier Jahre zuvor war er von Johannes Paul II. heiliggesprochen worden.

»Eine erstaunliche Geschichte über die Güte«, murmelte der Engländer.

Ich nickte. Ich dachte an Bobi. An den Traum vom Heilen.

»Wenn du bei deinen Büchern meine Hilfe brauchst, so wäre es mir eine große Ehre, dir zu helfen.«

Die Geliebte sah mich an. Ein breites Lächeln erleuchtete ihr Gesicht, sie war glücklich. Sie schenkte mir einen Vater. Einen Autor. Einen Korrektor. Einen geistigen Führer.

Wir zogen nach Paris, mieteten eine kleine Zweizimmerwohnung in der Rue Pouchet, in dem Arrondissement, das das *üble 17.* genannt wurde, über einer Spirituosenhandlung. Und auch wenn der Weinhändler mehr Flaschen trank, als er verkaufte, schlug er uns unerwartet nüchtern seine Schwester vor, als wir jemanden aus dem Viertel suchten, der sich um Mathilde kümmern würde.

Die Frau hatte ein ehrliches Gesicht, eines wie Danièle Delorme in *Der Engel, der ein Teufel war* von Julien Duvivier. Sie redete leise, ihre Bewegungen waren ruhig, ihr Atem frisch, in ihren manikürten Händen hielt sie Empfehlungsschreiben. Ich drehte mich hoffnungsvoll zu Monique um; sie zuckte schwach mit den Achseln. »Mögen Sie unsere Tochter?«, murmelte sie. Darauf lächelte Madame Josée sehr sanft. »Ich weiß noch nicht, ob ich Mathilde mag«, antwortete sie, »aber ich habe Platz für sie in meinem Herzen.« Unwiderstehlich. Gleich am nächsten Tag begann sie, sich um unsere Tochter zu kümmern.

Monique verbrachte die Tage in ihrem Zimmer und ich damit, Briefe an Pariser Werbeagenturen zu schreiben, um eine Einladung zu einem Vorstellungsgespräch zu erhalten, eine Stelle als Redakteur, Bote, Kaffeeträger, Teppichreiniger, irgendetwas. Jeden Morgen eilte ich in großen Sätzen die schmalen Stufen des Treppenhauses hinunter, stürzte zum Briefkasten und öffnete ihn. Nichts.

Als ich Michael Goldstein (der am Ende auf die Cola light verzichtet, das Vergnügen an den Stella Artois wiedergefunden und seine Beleibtheit akzeptiert hatte – »Es gibt Frauen, die stehen auf Balu«, pflegte er zu sagen) ein paar Wochen zuvor meine Kündigung überreicht hatte, warnte er mich. »In Paris läuft das nicht wie hier. Das sind *ambrasmoekers* (Selbstgefällige). Alles, was nicht zu ihnen gehört, alles, was nicht von ihnen kommt, gilt nichts. Weißt du, *menneke* (Junge), die Franzosen haben sich jahrelang mit ihren Belgierwitzen über uns lustig gemacht. Wir haben nur einen über sie: Warum haben die Französinnen so kleine Brüste mit so großen Brustwarzen?« Ich lächelte und gab das Raten gleich auf. »Weil die Franzosen so kleine Hände und so große Mäuler haben.« Ich lachte laut auf. Dann wurde Michael Goldstein ernst. »Du bist nicht für sie gemacht. Bleib hier. Du schreibst zu gut für sie. Sieh dir ihre Anzeigen an. In Paris schreiben sie *Makadam Star* über den Renault 9. Du hast die Idee, die Roboter reden zu lassen, die den Wagen herstellen, und gewinnst Preise. Du bist alles andere als ein *kluutzak* (Idiot). Wenn du mehr Geld willst, gebe ich es dir. Sag mir das Gehalt, das du willst, nenn mir eine Zahl.« Er machte sich ein weiteres Stella auf. »Und ich weiß Bescheid. Ich weiß von dir und Annie.« Er trank einen Schluck Bier. »Ich hab auch mit ihr geschlafen, aber ich bin alt und dick, für mich war das ein Geschenk. Du bist jung, du hast ein Baby, und ich weiß, dass dir das keine Ruhe lässt. Wenn du wegen ihr gehst, ist das eine schlechte Idee.« Ich blieb stumm. Er leerte langsam seine Flasche, wischte sich mit der Hand die Lippen ab und ließ es raus: »Von mir aus. Dann muss sie gehen, damit du bleibst.« Mein Herz schlug schneller. Meine Hände zitterten. Auch *das* war also die Welt der Erwachsenen. Die Welt der Arbeit. Der Großen. Das hatte mir Dumbo nicht beigebracht. Genauso wenig wie die Professoren, die mich Philosophie, Kunstgeschichte und Buchhaltung gelehrt hatten. Ich hatte nichts davon in den Büchern gelesen; weder Gomez-Arcos, noch Barjavel, noch Sartre erwähnten das je irgendwo. Das Talent des einen ruiniert immer das des anderen. Um mich zu behalten, war Michael Goldstein bereit, Annie Vachon zu opfern. Ich stützte den Kopf in die Hände, berauschte mich an den Gerüchen von ihr, die meine Finger wie eine Reliquie bewahrten, einen Augenblick lang schien es mir, als hörte ich sie, *saug mich, mach's dir schön, steck deinen Schwanz rein, mach mich voll, fick mich, mach's dir schön*, Tränen stiegen mir in die Augen. Da legte Michael Goldstein mir die Hand aufs Knie.

»Ich weiß, wie das ist«, sagte er. »Ich weiß, dass das wehtut.«

Er organisierte einen phantastischen Umtrunk anlässlich meines Abschieds, der im Morgengrauen bei *Chez Richard* endete, einer kleinen Brasserie in der Rue des Bouchers, in die wir regelmäßig gingen. Annie Vachon kam dazu, als wir bereits betrunken waren. Sie war in dieser Nacht sehr schön. Ihr Lachen war Musik, ihr Charme bezauberte alle, Männer, Frauen und Tiere, falls welche dabei waren. Ich wusste, dass unter uns, die wir um den großen Tisch saßen, viele in ihr Bett gezogen worden waren, einbestellt, um das Feuer ihrer Dämonen zu löschen, ihr zu helfen, ihre Gespenster zu bekämpfen, aber ich wollte glauben, das zwischen uns etwas anderes, Einzigartiges gewesen war. Auch wenn es nicht stimmte.

Ich sah sie zum letzten Mal in meinem Leben. Keine vier Jahre später würde das Telefon klingeln.

Madame Josée war sofort großartig mit Mathilde. Sie kümmerte sich auch um Monique, und Monique verließ endlich ihr Zimmer. Madame Josée ließ sie Bekanntschaft mit ihrer Tochter schließen. »Ich bringe ihnen bei, einander zu zähmen«, sagte sie, »so wie der Fuchs und der kleine Prinz. *Wenn du mich zähmst, werden wir einander brauchen. Du wirst für mich einzig sein in der Welt. Ich werde für dich einzig sein in der Welt.*«

Ab und zu erhielt ich einen maschinengeschriebenen Brief einer Werbeagentur, die bedauerte, meiner Anfrage nicht nachkommen zu können etc. Daraufhin rief ich Dumbo an, er konnte mir mit ein paar Tausend Francs aushelfen, nicht mehr. »Das Geschäft geht unter«, sagte er, »trotz meines letzten Einfalls, meines Schwanengesangs: Arbeitskleidung. Ich habe die besten Marken, Adolphe Lafont, Muzelle Dulac und Sonorco, aber es gibt keine Arbeit mehr, Édouard, die großen Ketten haben alles kaputt gemacht. Keine Arbeit mehr, also keine Arbeitskleidung mehr. Nichts mehr.« Mir zog sich alles zusammen. Dumbo würde nie fliegen.

Claire wiederum hatte einen Prinzen kennengelernt. »Er ist es, ich weiß es.« Sie zeigte mir sein Foto, er ähnelte eher Benny Andersson, dem Blonden von ABBA, als Joe Dassin. »Er ist super lieb«, präzisierte sie; »weißt du, dass mein Lieblingsfilm auch seiner ist?« *»César und Rosalie«*, murmelte ich. »Ganz genau, mit Romy Schneider, ich liebe ihn, und er mag Foreigner genau wie ich, vor allem ihr letztes Lied, *I want to know what love is/ I want you to show me*, und er hat mir *Madame Bovary* geschenkt ...« »... und die hattest du schon gelesen«, unterbrach ich sie. »Ja, er ist mein Double, er ist mein Prinz«, schloss sie erstickt, mit krebsroten Wangen.

Im echten Leben rauben Prinzen nicht das Herz der Mädchen. Sie reißen es ihnen heraus und werfen es weg. Ich kenne keine Worte für diesen Schmerz.

Die Geliebte wiederum folgte dem Einbeinigen Schritt für Schritt in der Hoffnung, dass *endlich etwas geschieht*. »Danach bin ich fünfzig, verstehst du«, sagte sie mir, »und das war's dann.«

In der weißen Anstalt wollten Ärzte Experimente an unserem Bruder durchführen, vor allem den *Sally/Anne-Test* zur Theory of Mind. Unsere Mutter regte sich auf. »Mein Sohn ist kein Versuchskaninchen. Sie können sich Ihre Experimente sonst wohin stecken. Also wirklich.«

Wir waren seit zwei Monaten in Paris. Moniques Zustand verbesserte sich. Tagsüber ging sie bis zum Square des Batignolles spazieren. Abends badete sie Mathilde in Anwesenheit von Madame Josée. Meine Ersparnisse schmolzen zusehends dahin. Ich glaubte, ich würde bei den *Ambrasmoekers* nie Arbeit finden. Also tat ich das Einzige, wofür man mich geliebt hatte.

Ich machte mich wieder ans Schreiben.

Monique ließ zunächst den Brief fallen, der anmutig zu Boden segelte, und dann in einem Seufzen die folgenden vier Wörter:

»Ich habe mich getäuscht.«

Monsieur,

ich bin als Lektor für den Verlag Gallimard tätig. Mit großem Interesse habe ich Ihr Theaterstück mit dem Titel Die Städte *gelesen. Welch ungeheure Kraft und welch Zynismus stecken in Ihrem Text. Welche Reife für einen Schriftsteller Ihres Alters! Die Bahn, die die beiden Figuren ziehen, die die Städte fliehen, aber immer wieder eingeholt werden, ist eine fabelhafte Metapher für die verlorene Kindheit, die Schwierigkeit, diesen Verlust anzunehmen. Ihre Figuren One und Two haben recht. Erwachsenwerden korrumpiert. Erwachsenwerden beschmutzt. Erwachsenwerden tötet.*

Von meiner Tätigkeit als freier Lektor abgesehen, bin ich aber zunächst einmal Regisseur. Ich leite eine kleine Truppe im Departement Calvados, die sich »Bitte Allais auf die Bühne!« nennt, zum Gedenken an den berühmten Alphonse Allais, der in unserer Region, in Honfleur, 1854 geboren wurde, genau wie Satie 1866 oder auch ein gewisser Boudin 1824, ursprünglich Papiermacher, später Maler, gewiss ein zweitrangiger Künstler, der aber mehr als viertausendfünfhundert

Gemälde geschaffen hat. Sie werden es erraten haben, Ihr Stück interessiert mich, und wenn Sie mir hier und da ein paar Änderungen gestatten würden, vor allem im zweiten Akt, den ich ein wenig redundant finde, so wäre ich erfreut, ihn anlässlich unserer Saisoneröffnung im Frühjahr '86 unseren (immer zahlreicheren) Zuschauern vorstellen zu können.

Was eine Veröffentlichung betrifft, so hat sich das Lektürekomitee trotz meines sehr begeisterten Gutachtens leider dagegen entschieden. Das ist nicht schlimm, seien Sie beruhigt. Ein so starker Theatertext wie Ihrer ist dazu gemacht, auf der Bühne zu leben. Und nicht, um auf weißen Seiten zu sterben.

Unterschrieben war der Brief mit Martin Bouet, *Bitte Allais auf die Bühne!*

»Und es war noch eine Nachricht auf dem Anrufbeantworter.«

Guten Tag. Mein Name ist Sylvia, Artdirectorin bei FCB, und ich suche einen Texter. Sie können mich in der Agentur zurückrufen. Danke.

»Ich habe mich getäuscht«, wiederholte Monique. »Ich dachte, dass du mich bräuchtest. Dass ich dir bei deinen Büchern helfen könnte. Aber du brauchst niemanden, in dir ist keine Liebe. Manchmal sehe ich dich weinen, wenn deine Tochter lacht, aber das ist keine Liebe, vielleicht ist es Verlegenheit, vielleicht dein Schuldgefühl, aber keine Liebe. Und ich brauche Liebe und Mathilde auch, sonst werden wir verrückt. Ich habe dich nicht verlassen, als du mit dieser Frau in Brüssel geschlafen hast, weil ich dachte, das sei vielleicht meine Schuld, ich hatte dich alleingelassen, ich war egoistisch, als ich mich für das Theater entschied, und ich werde sicher nie Theater spielen, ich wollte nur eines Tages einen deiner Texte spielen können. Der Idiot, der diesen Brief geschrieben hat, hat recht. *Die Städte* ist ein großartiges Stück, ich gratuliere dir dazu, aber für mich ist kein Platz. Im Stück gibt es zwei Männer, das ist alles. Es gibt keinen Platz für uns. Ich habe lange nachgedacht. Ich werde mit Mathilde gehen.«

Ich war wie versteinert, unfähig zur geringsten Geste. Zum geringsten Wort. Aber mein Herz schlug nicht heftiger. Es schlug sogar beängstigend langsam.

Sie weinte Tränen, die sie reinigten.

Ihr Gesicht schien plötzlich besänftigt, ihr Blick fand zu jener Schärfe zurück, die mich verwirrt hatte, als ich sie zum ersten Mal sah, im Buchhaltungskurs, vor einem Jahrhundert. Die Worte waren herausgekommen. Die Worte hatten ihre Ängste besiegt. Sie war jetzt stark. Sie würde mit Mathilde gehen, so einfach war das. Die Wohnung wäre leer. Mein Herz wäre leer. Mein Leben wäre leer. Sie erhob sich, machte sich auf den Weg zurück ins Schlafzimmer.

»Wir gehen morgen früh.«

Sie schloss behutsam die Tür, und in dieser scheinbaren Behutsamkeit lag bereits all die Schwere einer Sache, die war und nicht mehr ist.

Sylvia Sinibaldi empfing mich am nächsten Tag.

Ich musterte sie, während sie langsam die Seiten der Mappe mit den Anzeigen umblätterte, die ich in Belgien entworfen hatte. Sie war unauffällig hübsch. Sie hatte keine Ähnlichkeit mit den *Ambrasmoekers*, die Michael Goldstein verspottet hatte; sie strahlte etwas Elegantes, Kultiviertes, Raffiniertes aus. An der Wand hingen Anzeigen für Charles Jourdan, Pioneer und Schweppes. Als sie fertig war, hob sie den Kopf, starrte mich an. Ich wurde rot. Sie lächelte. »Das ist gut«, sagte sie, »das ist eine sehr schöne Mappe.« Sie führte mich dann zum Creative Director, der rasch mein Book durchblätterte. »Bist du Belgier?«, fragte er. »Nein.« »Was hast du dann da gemacht?« Ich antwortete nicht. »Mmmh, nicht schlecht.« »Du kostest?« Ich brauchte zwei Sekunden, bis ich begriff. »Sechzehntausend.« Er wandte sich zu Sylvia Sinibaldi. »Ist das der, den du willst?« »Ja«, antwortete sie. »Sicher?« »Sicher.« »Okay, ich sag der Buchhaltung Bescheid.«

Ich war eingestellt.

Sylvia Sinibali lud mich auf ein Glas in einen Bar-Tabac ein, zweihundert Meter von der Agentur entfernt. Sie lachte; ihr Lachen war entzückend. »Du hättest mehr verlangen können«, sagte sie, »die Agentur ist immun, wir haben gerade Schweppes und Gloria reinbekommen.« Ich zuckte mit den Schultern. Sechzehntausend

Francs, also fast viermal so viel wie der Mindestlohn, schienen mir ein Vermögen. Ich würde meinem Vater das Geld zurückzahlen und vor allem Monique Geld schicken können. Wir redeten über eine Stunde. Sie erzählte von der Agentur, von den Etats, bei denen wir zusammen arbeiten würden. Dann fragte sie mich nach dem Leben in Brüssel, den Ausstellungen, die ich gesehen hatte; sie kannte sich mit belgischen Comics aus, Van Hamme, de Moor, Picha, Schuiten, Peclers; sie hatte José van Dam in der Don-Giovanni-Verfilmung von Losey vergöttert; ein paar Jahre zuvor hatte sie *Serres chaudes* von Maeterlinck entdeckt, und die Lyrik des Belgiers hatte sie verzaubert.

Ich war beeindruckt. Sie stellte ihre Teetasse ab.

»Wir waren drei Schwestern, und unser Vater ertrug die Vorstellung nicht, seine Töchter könnten als drei Idiotinnen enden. Also mussten wir immer ein Buch in der Hand haben; das habe ich beibehalten, und deshalb kenne ich Maurice Maeterlinck, den Literaturnobelpreisträger von 1911, was aus mir eine gebildete Idiotin macht!«

Wir lachten; ich vergaß einen Moment lang den Schmerz vom frühen Morgen, als Monique und Mathilde die Wohnung verlassen hatten. Vom Wohnzimmerfenster aus hatte ich gesehen, wie sie ins Taxi stiegen, während der Fahrer die drei großen Koffer in den Gepäckraum lud. Monique drehte sich nicht um, es gab keinen letzten Blick; ich konnte das Gesicht meiner Tochter nicht sehen. Der Wagen fuhr sehr rasch Richtung Avenue de Clichy, verschwand dann in der Rue Cardinet, und mit ihm verschwanden unsere Träume, unsere Enttäuschungen, unser gescheitertes Leben. Ich hatte die Kaffeeschalen unseres letzten Frühstücks nicht abgewaschen, ich hatte sie am Morgen weggeworfen, so wie ich die Bücher weggeworfen hatte, die sie zurückgelassen hatte, die Zeitschriften, das Foto, auf dem sie sechzehn ist und ein leichtes Kleid von Laura Ashley trägt, die Kosmetika, die sie auf der Ablage des Waschbeckens liegenlassen hatte. In diesen Gesten lag keine Aggressivität.

Die Stimme von Sylvia Sinibaldi drang zu mir durch.

»Stimmt etwas nicht?« Ich beruhigte sie. »Doch, alles in Ordnung, es ist einfach nur ein unglaublicher Tag für mich; ich bin sprachlos, Sylvia, die Arbeit, deine Freundlichkeit, alles, ich weiß nicht, wie ich dir danken soll.«

»Schreib mir schöne Anzeigen, das ist alles.«

Es ist dunkel. Ich laufe durch die leere Wohnung, in der sie nicht mehr sind.

Im Schlafzimmer hängt noch der gedämpfte Duft ihres Puders; aus dem Abfalleimer im Bad steigt der Geruch der tränengetränkten Wattebäusche auf. Im Wohnzimmer scheint eingebrochen worden zu sein, aber es wurde nichts gestohlen. Der Holzboden knackt unter meinen Schritten, das ist das einzige Geräusch. Nie ist mir aufgefallen, wie hässlich diese Wohnung ist. Dabei haben wir sie bei unserer Ankunft gestrichen. Im Badezimmer habe ich Fliesen gelegt, quadratische Zehn-Zentimeter-Kacheln, blassgelb mit blauem Zierstreifen, entworfen von … Laura Ashley; ich habe einen ganzen Tag dafür gebraucht, am Ende blutige Knie gehabt, während Monique in unserem Schlafzimmer schlief, betäubt von Medikamenten gegen Schmerzen, gegen mich, gegen alles, was nicht andauerte.

Ich zünde eine neue Zigarette an, ich öffne das Fenster; der Lärm von der Straße lässt die Scheibe zittern. Ich sehe nach draußen. Beim Weinhändler unten brennt Licht, und obwohl es schon längst nach Ladenschluss ist, hört man dort Gelächter, schmieriges Gelächter, das Lachen von einsamen Männern, von Unglücklichen, die keinen Sex mehr haben, aber unaufhörlich daran denken. Aus dem Café an der Ecke zur Rue de La Jonquière treten Männer am Arm von Flittchen, die vom Boulevard Bessières heruntergekommen sind.

Ich werfe die Kippe weg. Der glühende Stummel zeichnet eine flüchtige Narbe in die Dunkelheit. Ich schließe das Fenster, und die Stille ist wieder da.

Ich erinnere mich an den Tag, an dem Dumbo mir mitteilte, dass er meine Mutter verlasse.

Wir saßen in dem Überschallwagen. Er fuhr sehr schnell, aus Angst, ich würde den Zug verpassen. Heute glaube ich, dass er wollte, dass es schnell ginge; wollte vermeiden, mir tausend Messerstiche zu versetzen, wenn ein einziger ausreicht. Tränen brannten mir in den Augen. »Dann verlässt du mich also auch, Papa?« »Nein. Also doch, ja, ein bisschen, du hast recht. Ich liebe dich, Édouard.« »Aber Menschen, die man liebt, verlässt man nicht, Papa.« Er bremste scharf. Wir waren vor dem Bahnhof angekommen. Er streckte den Arm aus, öffnete die Tür. »Renn, du hast noch fünfzig Sekunden, um ihn zu kriegen.«

Ich rannte, so schnell ich konnte. Als ich in den Waggon sprang, wusste ich, dass diejenigen, die sagen: »Ich liebe dich«, Lügner sind.

Und was würde ich Mathilde mitgeben? Ich hatte zugesehen, wie sie schlief. Auch ich hatte ihr die verlogenen Worte gesagt. Waren wir dazu verdammt, unsere Unaufrichtigkeiten weiterzugeben? Giftmischer zu sein? Würde ich ein Vater wie mein Vater sein? Ein Verlierer; einer, der die anderen verliert, so wie er, nach Ansicht der Geliebten, uns an jenem stürmischen Tag in Le Touqet verloren hat. Würde auch ich taub für das sein, was mich umgibt?

Wo schläfst du diese Nacht, meine kleine Tochter?

Nimmt deine Mama auch ihre Medikamente? Sag ihr, dass das Mogadon für abends ist, das Humoryl für morgens. Sag ihr, dass dein Vater vor Angst wie erstarrt ist.

Wörtlich könnte man sagen anmaßend, beleidigend, schneidend, überheblich«, sagte Sylvia Sinibaldi. »Aber wenn man das Substantiv betrachtet und das Adjektiv vergisst, so definiert *Insolence* eher Respektlosigkeit, eine Art Unverfrorenheit, Schamlosigkeit, also eher Ungehörigkeit und eine gewisse Kühnheit. In diesem Falle wendet sich all das, was das Adjektiv an Negativem transportiert, ins Positive.« Sylvia Sinibaldi lächelte. Wir waren auf der Suche nach einer Idee für die Einführung von L'Insolent, dem neuen Parfüm von Charles Jourdan.

»Claude Aveline schreibt in *Les Réflexions de monsieur F. A. T.*, die *Insolence*, die Anmaßung, sei die Waffe nobler Menschen. Man müsste also – auch wenn mir ein männliches Adjektiv für ein Frauenparfüm seltsam scheint – in der Unverfrorenheit suchen.«

»In der Unverfrorenheit suchen.«

»In der Unverfrorenheit.«

Sie begann zu lachen. »Robert Walton hat Victor Frankenstein geschaffen und mein Vater mich. Beruhige mich: Erschrecke ich dich wirklich nicht?«

»Ich vergöttere dich.«

»Viele Leute finden mich nämlich erschreckend.«

Ich musste eine Idee finden, ihr eine schöne Anzeige schenken. Wir befanden uns mitten in den Achtzigerjahren; Téléphone sangen *Un Autre Monde*, die Werbung für Katzenstreu von Wizard Litière Fraîche zeigte uns eine zeitunglesende Katze auf dem Nachttopf, die Ölkrise war weit weg, das Geld floss wieder in Strömen, Eddie Barclay heiratete zum siebten Mal, Prahlen und Protzen war angesagt. Brillanten, Gold, Geld, begradigte Nasen, Silikonprothesen, Chrom und schöne Autos.

Sylvia Sinibaldi zeigte den Anflug eines Lächelns, als ich den Kopf hob.

»Sie schreibt was auf ihr Auto!«, rief ich.

Ihr Lächeln brachte mein Herz zum Leuchten.

Drei Wochen später ließ sie vor dem Restaurant am Pont Louis-Philippe, Quai des Célestins, ein rotes Fiat 2300 S Coupé Baujahr 1961 fotografieren, dessen gesamte Fahrerseite mit einem anmaßenden *Rendez-vous um 16 Uhr* besprüht war. Am Griff der Fahrertür hatte sie einen schwarzen Seidenschal befestigt, der an das Design des Parfümflakonstöpsels erinnerte.

Unsere Kampagne gelangte in diesem Jahr in die Auswahl für Cannes, genau wie die, die wir für La Laitière von Chambourcy, die Dosenmilch Gloria und die Café-Crème-Cigarillos von Henri Wintermans machten.

Kurz, für alles, was die Menschen dick, sterblich und ungeheuer glücklich werden lässt.

Meine Mutter weinte nicht. Sie schrie.

Sie schrie ihre Wut über das Scheitern meiner Ehe heraus. Ihrer Ehe. Gegen die Tatsache, keinen heroischen Sohn zu haben, sondern einen launenhaften Jungen. »So verhält man sich nicht, wenn man ein Kind hat. Man hält die Klappe, man steckt ein, aber man haut nicht ab.« Dann legte sie auf. Dann rief sie wieder an.

»Habe ich dir gesagt, dass Xavier (der Engländer) mich nach Jerusalem eingeladen hat? Ich habe immer davon geträumt, einmal Jerusalem zu sehen. Ich werde für dich, für Monique und die kleine Mathilde beten.« Stille. »Aber mach dir keine falschen Vorstellungen, wir sind in der Phase des *Status quo*, wie er sagt. In der Geduld, die den großen Sehnsüchten vorangeht.«

Ich wollte ihr sagen, sie solle sich in Acht nehmen; ein Mann der so viel Zeit mit einer Frau verbringt, sie betört, ohne ihr auch nur je über die Finger zu streichen, kann nicht ganz aufrichtig sein. Aber Sie werden bemerkt haben, dass es mir nicht zustand, Ratschläge in Sachen Ehe zu geben.

Eine Viertelstunde später rief sie noch einmal an. »Ich fahre nicht nach Jerusalem. Ich habe ihm gesagt, es sei extrem selbstgefällig von ihm, mich auf eine so weite Reise einzuladen, an einen Ort, der so stark mit Bedeutung und Geschichte aufgeladen ist, ohne dass er seine Position mir gegenüber geklärt hätte. Ich bin nicht seine Dienstbotin.« »Das hast du ihm gesagt?« »Das mit der Dienstbotin nicht, alles andere schon. War das richtig von mir?«

Ich liebte meine Mutter, und ich vergötterte die Geliebte. Aber das Leben ist grausam.

Wenn es auch heißt, ein Glück komme selten allein, so kommt der Ärger dagegen wirklich immer in Gruppenstärke.

Innerhalb weniger Wochen änderten drei Ereignisse den Lauf unserer Leben.

Claire erlebte die trunkene Freude über die Erwartung der Mutterschaft, dann die hysterische Freude, dem künftigen Papa die gute Nachricht mitzuteilen, sowie daraufhin einen unheilbaren Kater, als dieser hinunterging, um eine Flasche Champagner zu holen, und nicht zurückkehrte. Der Prinz hatte das Herz der Schönen geraubt und es den Hunden im Graben überlassen, inmitten von Papierfetzen, Verachtung und Kot. Drei Tage und drei Nächte weinte Claire ohne Unterlass; ihre Haut wurde grau und trocken und hart wie Flusskiesel. Sie wollte zu unserem Bruder ziehen. Sie hielt die Hand ans Herz und murmelte: »erz, erz, erz«, und wir begriffen alle, dass es erstarrt war.

Der Engländer wurde, mit der eigenen Prothese verprügelt, in einer Fußgängerzone der Altstadt von Lille gefunden.

Und ein Vogel, ein erbärmlicher Spatz, stürzte sich gegen die Windschutzscheibe meines Autos und hinterließ dort, neben einigen Federn, ein kleines Herz von der Größe eines Granatapfelkerns, das explodierte; ein krapproter Spritzer.

Der Aufschlag ließ mich erstarren. Ich bremste scharf und brachte zitternd den Wagen auf der Standspur zum Stehen.

Der Verkehr auf der A1 war flüssig, es war ein Werktag. Ich fuhr nach Paris zurück, nachdem ich ein paar Stunden mit Claire und meiner Mutter verbracht hatte. Wir hatten *der Unglücklichen* so gut wir konnten geholfen, aber was soll man seiner zweiundzwanzigjährigen Schwester antworten, wenn sie einen fragt, ob sie ihr Baby behalten soll oder nicht? Welche Worte, um die Kieselhaut, das steinerne Herz zu heilen? Welchen Balsam gegen die Schande einer Abtreibung verwenden? »Wie wird mein Leben aussehen, wenn ich es behalte? Man wird mit dem Finger auf mich zeigen, kein Mann wird ein sitzengelassenes Mädchen mit Kind wollen, man wird sich fragen warum, man wird denken, ich wäre eine Hure. Eine Hure!« Meine Mutter weinte. Ich weinte. »Wisch deine Tränen ab«, flüsterte meine Mutter mir zu, »finde Worte, du bist der Dichter der Familie, verdammt.«

Im Auto verstärkten sich meine Krämpfe. Speichel drang mir aus dem Mund; ein weißlicher ekelhafter Schaum, der das grauenhafte Wort auf mein Kinn zeichnete.

Tot.

In dieser Sekunde begriff ich, dass mein Bruder tot war. In der Sekunde, in der meine zitternden Finger den Speichel auf meinem Gesicht berührten und eher verteilten als wegwischten, wusste ich, dass seine Flügel sich mitten im Flug zusammengefaltet hatten, dass er gefallen und zerschellt war, die Ohren sicherlich von der Stimme von Francis Cabrel erfüllt, *C'est pas grave/*

Ce sont mes dernières larmes/ C'est pas grave/ C'est mon dernier appel avant de me taire/ C'est ma dernière chanson avant la guerre.

*Das ist nicht schlimm/ Das sind meine letzten Tränen/ Das ist nicht schlimm/ Das ist mein letzter Ruf, bevor ich schweige/ Das ist mein letztes Lied vor dem Krieg** oder von einem Chanson von Fred Mella.

Ich weinte nicht. Ein paar Bilder zogen vor meinen Augen vorbei. Unser Bruder, wie er in der Badewanne saß und schallend lachte, vor sehr langer Zeit, als wir noch nicht Bescheid wussten. Seine Überraschung, als er zum ersten Mal einen fruchtgeleegefüllten Schokobären kostete; seine Grimasse. Der unglaubliche Blick, den er auf seine blutige Hand richtete, wenn er unabsichtlich ein Glas zerbrach. Seine Angst, als Dumbo und die Geliebte schrien, als Wörter auf dem Boden zerbrachen, *Salzstreuer*, *Teller* oder *Wut*. Seine Flügel, die er ausbreitete, um mich in die Arme zu nehmen und uns vor dem Lärm der Welt zu schützen.

Ich startete den Motor. War es möglich, dass er wirklich tot war?

Ich hielt an der nächsten Tankstelle an, um zu telefonieren. Ich ließ es lange bei meiner Mutter klingeln. Lange bei Claire. Die Auskunft nannte mir die Nummer der weißen Anstalt. Als ich endlich eine Sekretärin am Apparat hatte, antwortete sie mir barsch: »Informationen solcher Art pflegen wir keinen Unbekannten am Telefon zu geben.« »Aber ich bin sein Bruder«, brüllte ich, »sein Bruder, er trennt sich nie von seinem Walkman, er singt, aber seine Stimme bleibt in ihm einge-

---

* Francis Cabrel, *Dernière Chanson*, *Fragile*, 1989.

schlossen, ich weiß, dass er gerne die Compagnons de la Chanson, Gérard Manset und Francis Cabrel hört.«

»Also davon weiß ich nichts«, rief sie, bevor sie auflegte. Verreck doch, verdammte Scheiße.

Ich trank einen starken Kaffee, verbrannte mir die Zunge, fuhr weiter. Noch siebzig Kilometer bis Paris. Ich fuhr hundertsechzig, so schnell mein Auto es erlaubte; das Armaturenbrett zitterte, das Lüftungsgitter tanzte einen wilden Tanz, der Wagen war kurz vor dem Explodieren.

Der Weinhändler stürzte auf mich zu, als ich endlich in der Rue Pouchet eintraf. Sein Atem war erfüllt von dem neuen Wein, den er bekommen und getrunken hatte, »Ihre Mama, Ihre Mama«, keuchte er, »sie hat mir das mit Ihrer Schwester erzählt, wie schrecklich, Sie müssen sie schnell zurückrufen, es ist etwas passiert, kommen Sie rein, sie hat mir eine Nummer hinterlassen, es ist ernst, hat sie gesagt, hier, rufen Sie sie an, in der Zwischenzeit hole ich Ihnen was, für solche Momente habe ich da einen Cabernet, oh, ja, einen guten Cabernet, genau für solche Momente.«

Innerhalb von drei Tagen hatte unser Bruder eine neue Krankenschwester, ein neues Zimmer und einen neuen Zimmernachbarn bekommen.

Am vierten sprang er aus dem Fenster. Dafür breitete er seine Flügel aus. Die öffneten sich nicht. Der flügellose Körper stürzte. Er machte kein Geräusch. Nur ein Flügelgeräusch. Dann zerschellte er fünfzehn Meter tiefer auf den Halswirbeln eines am Boden kauernden Kindes, das einen Regenwurm mit einem Stock peinigte.

Der Körper des Peinigers dämpfte den Fall des Körpers unseres Bruders, was ihn hätte retten können, aber sein Kopf traf auf die gedrehte Spitze eines Kellerfenstergitters. Als hätte sich der Pfeil eines Jägers in den Kopf eines Vogels gebohrt. Kein Geräusch; eine noch dichtere Stille. Dem Regenwurmpeiniger brach das Genick, und sein Körper erstarrte auf der Stelle. Der unseres Bruders bewegte sich weiter, während sich unter seinem aufgespießten Kopf eine Blutlache ausbreitete.

Erst jetzt gab es Schreie.

Der schrecklichste unter ihnen war der meiner Mutter.

Sie brüllte, und der Weinhändler weinte. »Wie schrecklich«, schluchzte er, »Kinder sollten nie sterben dürfen. Man macht doch keine Kinder, damit sie sterben.« Ich bedeutete ihm, still zu sein, ich konnte meine Mutter nicht verstehen. »Was wird aus uns?«, fragte sie. »Was haben wir dem lieben Gott angetan, um so bestraft zu werden?« »Ihr Bruder stirbt, aber Ihre Schwester trägt das Leben in sich!«, brüllte der Weinhändler plötzlich mit blutunterlaufenen Augen, als hätte er im purpurnen Funkeln seines Cabernets den brennenden Dornbusch entdeckt.

Wir hatten plötzlich keine Geschichte mehr. Dumbo und die Geliebte waren von neuem vereint. In gewisser Weise waren Claire, unser Bruder und ich das auch. Monique war an meiner Seite, Mathilde lag in meinen Armen; plötzlich spürte ich ihre Wärme, sah in ihre runden, hellen Augen, ihre zahnlosen Kiefer, die meine Fingerglieder durchbeißen wollten, meine Tochter war schön und lebendig, sie fehlte mir seit der violetten Morgendämmerung, als ein Taxi sie mitgenommen hatte. Anna Nasse und meine Schwiegermutter und der Tennisspieler und der Weinhändler und seine Schwester Madame Josée und meine Patentante und Jacques Anquetil, den niemand wiedererkannte, und die Angestellten des Geschäfts und Sylvia Sinibaldi und die jungfräulichen Cousins und der Direktor der weißen Anstalt und die schuldige Krankenschwester und der Fliesenleger Piotr Skrzypczak, der glaubte, der frühere Ehemann der Verlobten seines Angestellten (des Sprinters) sei der Verunglückte, und Michael Goldstein und Doktor Boucher und hundert weitere waren da und saßen in der kalten riesigen Kirche, in der die Worte des Priesters aufflogen, sich am Gewölbe stießen wie Falter an Glühlampen und unverständlich und vergeblich wieder zu unseren Ohren, auf unsere Pein hinunterfielen.

Wir waren alle vereint. Es fehlte nur der Engländer, der in genau dem Augenblick von den Rettungskräften mit gellenden Sirenen ins Krankenhaus gebracht wurde. Als meine Mutter sich von unserem Bruder verabschiedete, nahm Monique meine Hand. Mit glühendem Blick öffnete Dumbo ihr die Arme, als sie ins Kirchenschiff zurücktrat; er schien plötzlich tausend Jahre alt zu sein, und wenn die Trauer, die eines Tages dazu führt, dass man sich seines eigenen Selbst entledigt, ein Gesicht hätte, so hätte sie dieses. Claire legte die Hand auf ihren flachen Bauch und weinte. Michael Goldstein flüsterte Sylvia Sinibaldi etwas ins Ohr. Anna Nasse verschwand für ein paar Augenblicke. Jaques Anquetil hielt dem Direktor der weißen Anstalt eine kleine Visitenkarte hin. Mathilde lächelte mich an, versuchte, meine Nase zu packen. Für ein paar Momente gab es im Umfeld des Körpers unseres Bruders nur die perfekten Dinge, die ursprünglichen Gefühle, die Stunden vor dem Chaos des Lebens. Für ein paar Momente waren mein Vater und meine Mutter wieder zusammen. Für ein paar Momente war Claire glücklich, und für ein paar Momente waren Monique, Mathilde und ich eine Familie.

Der Abschiedsgesang, als die Sargträger den Sarg mitnahmen, war einer dieser Momente, die ein ganzes Leben prägen.

Wir sangen *Tristesse**, das Lied, das er so geliebt hatte, das er auf seinem Phonokoffer verschlissen hatte.

Wir sangen es mit ganzer Seele, aber kein einziger Klang drang aus unserer Kehle.

Wie Hadrien, unser Bruder, sangen wir alle stumm.

Es war ohrenbetäubend vor Schönheit.

---

* Tino Rossi, 1939. Text von Jean Loysel. Musik: Frédéric Chopin, Opus 10 n° 3.

Mit ihrem Sohn verlor die Geliebte das Lachen, die Freude und den Glauben.

Sie nahm den Überfall auf den Engländer als eine semiologische Zwangsläufigkeit, die sie mit »wir werden nicht zusammenkommen« übersetzte. Sie besuchte ihn zwei Mal im Hôtel-Dieu-Krankenhaus und nahm Abschied von ihm. Sie legte keinen Wert darauf, die Gründe für den Vorfall zu erfahren, und auch nicht, warum der bedeutende Verfasser einer Schrift über Notre Dame du Saint-Cordon sich an diesem Nachmittag in dieser Straße befunden hatte, inmitten einer Prügelei, bei der sich anscheinend Nutten und Zuhälter gegenüberstanden.

Am Tag nach dem Begräbnis ihres Sohnes gab sie ihre eleganten Mentholzigaretten zugunsten von gewöhnlichen Pall Malls auf. Sie verzichtete auf den Theologieunterricht, warf die Kopien weg, die sich mit *De Natura Deorum* von Cicero beschäftigten, und verbrannte ihre Mitschriften über den Pyrrhonismus; ihre Wut war kalt und endgültig. Durch seinen Sturz hatte der Engel ihre Träume von Ewigkeit, Vergebung und Liebe davonfliegen lassen. *Die Geliebte* verlor ihren Namen, wurde wieder unsere Mutter. Sie schrieb ihre Sehnsüchte, die Solals dieser Welt in den Mond, sie verzichtete auf alles, auf ihr eigenes Leben und klammerte sich nur noch an das mikroskopisch Kleine, das im Bauch ihrer Tochter keimte. Sie gab ihre Wohnung in Lille auf, mietete eine mit zwei Schlafzimmern in Croix (mein Kreuz, pflegte sie zu sagen), in der sie *die Unglückliche* und ihr ungeborenes Kind aufnahm. Sie sagte denjenigen unter ihren Freundinnen in Lille Lebewohl, die es nicht unterlassen würden zu lästern und zu verwünschen. Sie meldete sich zu einem Yoga-Kurs für werdende Mütter an, »um deiner Schwester zu helfen, verstehst du, wenn es zu Komplikationen kommt, muss ich ruhig bleiben«. Sie aß kein Fleisch mehr, nahm keinen Zucker mehr zu sich und verzichtete auf Kaffee. Sie schnitt sich das Haar und entschied sich, die silbernen Fäden im Haar nicht mehr mit Farbe zu überdecken. Sie alterte mit einem Schlag und wurde dadurch nur noch schöner.

Dumbo war direkt nach der Messe davongeflogen. Er hatte den Leichnam seines Sohnes nicht zum Friedhof begleitet. Anna Nasse schickte uns eine Nachricht. Ihre Handschrift war zittrig. Sie schrieb, es sei ihm während des Gottesdienstes nicht gut gegangen, *Eurem Papa geht es nicht sehr gut.* Dann wurden die Worte unlesbar bis auf jenes: *limbisches System.* Etwas weiter entzifferten wir *ich halte euch auf dem Laufenden*, und dann schließlich ein letztes Wort: *Gebete.*

Unsere Mutter legte den Brief der zweiten Gattin auf die Armlehne des Sofas und murmelte: »Sie weiß es nicht, ist nicht in der Lage, sich zu kümmern, sie hat das nicht begriffen, sie weiß das mit Algerien nicht, sie weiß nichts.«

In diesem Augenblick wusste ich, dass sie nicht aufgehört hatte, ihn zu lieben.

Nie klingelte jemand.

Daher sprang ich mit einem Satz auf, als die Klingel ertönte. Es war fast acht Uhr, ein Winterabend. Ich ging öffnen. Überraschung. Monique und Mathilde. Sie hielten sich bei der Hand. Mathilde wackelte. »Sie kann seit einer Woche laufen«, sagte Monique, »und als ich sie gefragt habe, wo sie hinlaufen wollte, hat sie geantwortet, zu Papa, ich will Papa besuchen.«

Ich beugte mich hinab, nahm meine Tochter in die Arme. Sie roch nach Kälte und Lakritz. »Madame Josée hat mir deine neue Adresse gegeben.«

»Kommt schnell rein.«

Wir setzten uns ins Wohnzimmer, auf das große IKEA-Sofa. Ein Moment der Betretenheit, wie Übelkeit. Sie behielten die Mäntel an. Mathilde lief zu den bunten Zeitschriften auf dem niedrigen Tischchen, stolperte auf dem Teppich. Ich sprang auf. Monique hielt mich zurück. »Lass, lass sie, sie muss es lernen«, und Mathilde fiel nicht hin. Wir sahen ihr zu, wie sie die Zeitschriftenstapel umwarf; bloß nicht die Blicke kreuzen. Fünf Monate, seit Hadrien beerdigt worden war, fünf Monate bereits, dass wir uns nicht gesehen hatten. Sie war zu ihrer Mutter zurückgekehrt, half in der Bar des Tennisclubs ihres Stiefvaters; sie rief mich gelegentlich an und berichtete über unsere Tochter, und das war alles. Unsere Ehe gab es nicht mehr.

Mathilde wurde des Durcheinanders bald müde und kam wieder zu ihrer Mutter. In nicht einmal fünf Minuten war sie eingeschlafen. Da saßen Monique und ich allein da.

Ich machte in der Küche einen Kaffee, den wir nicht tranken. Endlich sahen wir uns an. Sie hatte abgenommen, hatte eine neue Brille. Sie trug Armbänder, die ich nicht kannte. Sie war nicht geschminkt, wirkte nur verletzlicher. Ich sah ein erstes graues Haar. Sie sah meine Ringe unter den Augen, meine Blässe, erriet, wie viel ich arbeitete; sie betrachtete das Hemd, das ich trug, das wir nicht zusammen gekauft hatten; sah die bräunliche Haut meiner Finger, das Nikotin und den Saustall. Endlich lächelte sie unsicher, ihre Brust hob sich, sie atmete ein, suchte jenes Zuviel an Sauerstoff, das manchmal den notwendigen Schwindel bewirkt, um endlich den Sprung zu wagen.

»Es tut mir leid«, flüsterte sie.

»Ihr könnt bleiben«, murmelte ich.

Dunkelheit und Licht trennen *fünfzehn Sekunden.* Sylvia Sinibaldi und ich arbeiteten seit zwei Tagen an einer Werbekampagne zur Gewinnsteigerung der Lutti-Bonbons, als ich aufstand und tollpatschig, fröhlich wie ein gutmütiger Hund zu tanzen begann. Sylvia Sinibali lächelte vergnügt.

»Dank meines lieben Vaters, lieber Édouard, habe ich zwar Wind bekommen von Ray Birdwhistells etwas vergeblichen Versuchen, eine kinästhetische Analyse zu entwickeln, also eine Analyse der nonverbalen Sprache, wie du erraten haben wirst, trotzdem hilft mir das nicht zu verstehen, was du mir gerade sagst.«

Ich zündete mir eine neue Zigarette an und kehrte zur verbalen Sprache zurück.

»Vor ein paar Jahren wartete ich auf einen Zug. Ich beging einen Fehler. Als der Zug eintraf, stieg ich ein.«

»Was nicht gerade falsch ist, wenn man sich an einem Bahnhof befindet.«

»Aber darum geht es nicht. An jenem Abend fragte mich ein junges Mädchen nach einer Zigarette. Ich hielt ihr mein Päckchen hin, es war nur noch eine drin. Daraufhin sagte sie mir: *›Das ist deine letzte, die nehm ich dir doch nich weg.‹*«

»Und?«

»Und ich glaube, wir haben eine super Werbekampagne.«

Schon seit vier Monaten war Monique wieder da.

Sie bewohnte mit Mathilde das zweite Schlafzimmer der Wohnung an der Porte Maillot, die ich nach ihrem Weggehen an jenem dunklen Morgen gemietet hatte.

Manchmal schluchzte Monique nachts. Manchmal lag ich nachts reglos, mit offenen, ausgetrockneten Augen. Eines Nachts kam sie in mein Zimmer und legte sich aufs Bett. Unsere Finger berührten sich nicht. Unsere Beine berührten sich nicht. Unsere toten Körper. Unsere schweren Körper. Später dann ihre Stimme, dünn wie ein Wasserstrahl.

»Aber was ist nur mit uns passiert?«

Da kamen mir die Worte eines Hits von Daniel Guichard aus den siebziger Jahren wieder in den Sinn, *La tendresse/ C'est quelquefois ne plus s'aimer mais être heureux/ De se trouver à nouveau deux.*

*Die Zärtlichkeit/Bedeutet manchmal, sich nicht mehr zu lieben, aber glücklich darüber zu sein/ Erneut zu zweit zu sein.**

»Aber was ist nur mit uns passiert? War es so schwer, mich zu lieben?«

Ich hatte keine Antwort. Ich hatte nicht die Ausrede, in der Sabcha von Chott Ech Chergui ein Verbrechen begangen zu haben, und ich empfand darüber fast Scham.

---

* Daniel Guichard, *La Tendresse*, Musik von Patricia Carli, 1973.

Als sie schließlich neben mir einschlief, erhob ich mich langsam, deckte sie zu und verließ wie ein Dieb meine eigene Wohnung. Draußen öffneten die Cafés am unteren Ende der Avenue de la Grande Armée ihre Theken für die graue Welt zwischen Nacht und Tag. Dort gab es starken Kaffee und Cognac, Bier, Milchkaffee, goldbraune Croissants, saure Gurken; ihre Gerüche mischten sich mit denen von kaltem Tabak, Deodorant und Schweiß.

Die Lutti-Filme dauerten alle jeweils *fünfzehn Sekunden.*

Sie waren von der Reaktion dieses Mädchens am Bahnhof inspiriert, die darauf verzichtet hatte, die letzte Zigarette aus meinem Päckchen zu nehmen, mit eben der Begründung, dass es die letzte sei.

Auf einer Parkbank sitzt eine junge Frau und lutscht genussvoll ein Lutti. Ein Mann nähert sich, bittet sie um eines. Sofort brüllt sie: »Vergewaltiger! Vergewaltiger!« Der Mann nimmt die Beine in die Hand. Die junge Frau wirft einen verstohlenen Blick in die Kamera, beglückt über ihren Einfall. Eine Off-Stimme kommentiert: »Ein verschenktes Lutti ist ein verlorenes Lutti.« Die Zuschauer lachten sich tot.

Wir machten mehrere Filme in diesem bissigen Geist. Die Kampagne erhielt einen Goldenen Löwen in Cannes.

In *fünfzehn Sekunden* trat ich ins Licht. Mein Glück war gemacht. Mein Unglück auch.

Neunzig

Mathilde war inzwischen vier Jahre und Jeanne ein Jahr alt – Jeanne ist unsere zweite Tochter –, und Dumbo verkaufte das Geschäft.

Mehr noch als für das Geschäft an sich interessierte sich der Käufer für dessen Lage und für das Gebäude. Was an die Lieferanten zurückgeschickt werden konnte, ging zurück (Arbeitsbekleidung, feuerfeste Stoffe, Knöpfe für Blazer, Blusen, Hemden), und was noch abgestoßen werden musste, gab Anlass zu einem monströsen dreitägigen Ausverkauf. Jeden Morgen bildete sich ab sieben eine Schlange vor dem Geschäft. Am Mittwoch sah man sogar ein Auto aus dem Departement Sarthe langsamer fahren und schließlich anhalten, woraufhin eine kräftige Frau ausstieg. Dumbo rieb sich die Hände. »Die Geschäfte kommen wieder in Gang, die Geschäfte kommen wieder in Gang«, murmelte er vor sich hin, und meine Großmutter, die der liebe Gott schon vergessen zu haben schien, sorgte für die kalte Dusche: »Aber es ist das Ende, mein Lieber, es ist dein Untergang, deine Titanic!« Die eisigen Worte schienen ihn nicht zu erreichen. Dumbo war glücklich. Einen Augenblick lang schien Dumbo schön *(schien-schön)*, und wie er so auf halber Höhe auf der großen Treppe stand, um von dort aus zuzusehen, wie die Tür des Haupteingangs sich öffnete und die Kundinnen erschienen, lebhaft und anmutig wie fließendes Wasser, hineinströmten, sich auf die stark reduzierten Waren stürzten, auf die Stoffe zum Schleuderpreis, auf die kostenlosen Gardinenstangen, auf den spottbilligen Damast und Samt, auf die Nachthemden im Fünferpack und die zum Einkaufspreis angebotenen Kurzwaren – wie er da so stand, hätte man meinen können, dort stünde Coco Chanel, die ihre Modenschauen im Schatten ihrer Treppe verfolgte. Drei Tage lang blieb er dort, so lange, wie der Todeskampf seines Geschäfts andauerte. Am Abend des letzten Tages fand sich praktisch keinerlei Ware mehr in den Regalen, keine Hemden, keine Unterwäsche mehr in den Fächern. Der monströse Ausverkauf hatte alles mit sich fortgerissen. Sogar das Éminence-Parfüm, das bis dahin in schlechtem Ruf gestanden hatte, fand nun Abnehmer.

Und während Monsieur Levineux, Hüter des Tempels seit 1967, am Abend des dritten Tages zum letzten Mal die Tür des Haupteingangs zuschloss, stieg Dumbo langsam die große Treppe hinab.

Das erschöpfte Personal sah ihn hinuntersteigen und hielt den Atem an, als er den Fuß auf den Boden setzte und einige Schritte inmitten von zerrissenen Stoffen, zerfetztem Seidenpapier, zertrampelten Etiketten, zerbrochenen Gardinenklammern und -ringen tat. Seine Angestellten sahen zu, wie er zertrat, was sein Leben gewesen war.

Dumbo bückte sich, hob eine Tapezierschere auf, an der sich jemand hätte verletzen können, sammelte zwei Schritte weiter eine Brille auf, deren eines Glas zersplittert war, und einen Fünfzig-Francs-Schein. Er legte seine Trophäen auf einen Tresen aus hellem Holz und betrachtete dann jeden einzelnen seiner Angestellten, die an Bord dieses großen Ozeandampfers, dieses modernen *Paradies der Damen*, geblieben waren. Er lächelte ihnen zu und sagte mit leiser Stimme: »Los geht's, jetzt wird aufgeräumt. Wir öffnen morgen um neun.«

Nicht ein einziges Lächeln war zu sehen. Nicht eine einzige Reaktion. Nur eine unermessliche Traurigkeit.

Monsieur Levineux schaltete die letzten Lampen aus und ließ das Eisengitter herab. Mit Schleifpapier kratzte er die aufgemalten Öffnungszeiten ab. Auf dem menschenleeren Gehweg nahm er Dumbo in den Arm. Dann nahm er mich in den Arm. Dann verschwand er.

Dumbo und ich gingen zu Fuß zu ihm nach Hause, wo Anna Nasse ein Abendessen organisiert hatte. Sie träumte von einem letzten Moment der Freude vor dem grausamen Morgen, an dem die Bagger des neuen Besitzers endgültig die Geschichte einer Familie auslöschen würden, deren Hauptwerk 1830 errichtet worden war und den koketten Damen von damals Brokat, Perlenspitze, Wollfilz, Jacquards, Taft und Batikstoffe angeboten hatte. Ein Warenhaus, das den Bomben zweier Weltkriege standgehalten hatte, den Pflastersteinen von '68, der Einführung der elektronischen Datenverarbeitung, nicht aber dem Aufkommen der großen Ketten mit ihren Kleidern von der Stange ohne Anmut und Innenfutter, aus mittelmäßigen Stoffen, genäht von Kindern am anderen Ende der Welt.

Als alle am Tisch saßen, erhob sich unsere Großmutter und brachte in gespreizten Worten einen Toast in Erinnerung an ihren Gatten aus, der gewusst habe, wie man Stürme überstehe, und wetterte gegen ihren Sohn, den schon eine kleine Böe weggeweht habe. Nachdem sie fertig war, gab es ein kurzes verärgertes Gemurmel.

Dann stand Dumbo auf, dankte uns allen dafür, dass wir gekommen seien, seinen wenigen Freunden, seiner Familie, seinen Enkelkindern, er dankte uns dafür, dass wir ihm die Kraft gegeben hätten, bis jetzt durchzuhalten, räumte einige Fehler ein, wie die Arbeitskleidung in einer Zeit, in der niemand mehr Arbeit fand, die Trainingsanzüge von Jacques Anquetil und das Éminence-Parfüm. Dann verkündete er, dass er beabsichtige, das Geschäft zu vergrößern, was die Gesamtverkaufsfläche auf tausendsechshundertneunundfünfzig Quadratmeter steigern werde, neue Hemdenmarken wie Pierre Clarence, vielleicht sogar Pierre Cardin, verkaufen zu wollen, und während er weitere künftige Marken wie Finebelle oder Absorba aufzählte, hätte man eine Stecknadel fallen hören können.

In einer entsetzlichen Stille.

Claire beugte sich zu mir herüber, so weit, wie ihr riesiger Bauch es zuließ, und flüsterte: »Das sind die Folgen der Aufregung, die ihn diesen Unsinn sagen lassen, verstehst du, siebenundzwanzig Jahre im Geschäft, und dann von heute auf morgen peng, alles weg, ein Bagger und an derselben Stelle bald eine Bank. Da kann man ja nur verrückt werden …«

Als Dumbo sich wieder setzte, begann Anna zu lachen, ein nervöses, besorgtes Lachen. Sie wünschte allen einen guten Appetit. Und so floss der Wein, und die Stimmen wurden lauter. Ein Aushilfskellner servierte, und die Freude am Schlemmen trug alle Bitterkeit mit sich fort.

Später saßen wir im Wohnzimmer im Kreis, es sah aus wie eine Totenwache, was ja auch in gewisser Weise stimmte. Mein Vater saß neben mir. Er rauchte viel und trank viel Cognac. Jeanne war in Moniques Armen eingeschlafen, und Mathilde spielte in einem der Schlafzimmer mit ihren Puppen. Der Rauch der Zigaretten und Zigarren brannte in den Augen. Es wurde laut geredet, weil von der Vergangenheit gesprochen wurde und wir die Vergangenheit immer vermissen. Anna Nasse servierte belgische Pralinen und Likör. Claire trank ein Glas Chartreuse Verte auf ex, sofort stiegen ihr die Tränen in die Augen. Als ich sie drauf hinwies, dass es sich um ein fünfundfünfzigprozentiges Getränk handelte, also *eher ein Männergetränk* sei, um es mit Fernand Naudin alias Lino Ventura aus *Mein Onkel, der Gangster* zu sagen, schüttelte sie den Kopf.

»Nein, es ist nicht deswegen«, jammerte sie leise, »es ist wegen Papa.« Sie schniefte. »Es ist deprimierend, dabei zuzusehen, wie etwas vergeht, ohne dass man es aufhalten kann. Das Schlimmste ist, dass die Wut auf die eigene Schwäche viel größer ist als die Wut auf die Feigheit desjenigen, der sich davonmacht. Gieß mir noch einen ein, Édouard!« Ich protestierte: »Aber das Baby!« »Gieß mir noch einen ein, damit es kommt, damit Schluss damit ist.«

Und Müdigkeit wie Trunkenheit überwältigten uns. Wir machten uns zum Aufbruch bereit. Anna Nasse war nervös. »Glaubt ihr, es ist gut gegangen? Glaubt ihr, dass er zufrieden ist? Morgen wird es hart für ihn. Aufstehen, und nichts mehr zu tun haben. Kein Geschäft mehr. Nichts mehr. Um die Wahrheit zu sagen, mir macht das schreckliche Angst. Ich habe meine Arbeit, und die Vorstellung, ihn hier morgen früh alleinzulassen, in dieser Wohnung, den ganzen Tag über, macht mir Angst. Mir wird dabei ganz schwindelig.« Claire schlug ihr daher vor, am nächsten Tag bei ihr vorbeizukommen, wenn der Kleine noch nicht geboren sei. »Das ist sehr nett von dir, Claire, du hast wirklich ein Herz aus Gold.«

Im Flur traf ich auf meinen Vater. Seine Augen leuchteten. Er nahm mich in die Arme. »Ich freue mich, dass du gekommen bist«, sagte er. »Aber ich verstehe nicht, warum dein Bruder nicht bei uns ist. Es war doch wichtig, dass wir alle zusammen sind, ich habe mit ihm gerechnet.«

In meinem Blut machte die Hitze des Alkohols plötzlich einer Kummerkälte Platz. Fast wurde ich ohnmächtig. Ich hob die Hand zum Mund. »Sag ihm, dass er mich anrufen soll«, fuhr Dumbo fort. Über seine Schulter hinweg sah ich Anna Nasse, sofort senkte sie den Blick und flüchtete in die Küche. Ich richtete meinen Blick wieder auf das Gesicht meines Vaters. Er sah woanders hin. Er war woanders. Er zündete sich eine neue Zigarette an.

Etwas war geschehen. Etwas war zerbrochen.

Es war fast neun Uhr abends, als das Telefon klingelte.

Monique ging ran. Sie hörte zu. Das Blut wich aus ihrem Gesicht, das Purpur ihrer Lippen verwandelte sich in Grau. Dann hielt sie mir den Hörer hin. »Guten Abend«, sagte die Stimme eines jungen Mädchens. Sie klang nach Unglück. »Ich heiße Salma Devos, ich bin die Tochter von Annie Vachon.« Ich war verblüfft. Mein Gespenst hatte eine Tochter, die mir schlechte Nachrichten überbrachte. »Mama ist vor zehn Tagen an einer Lungenentzündung gestorben.« Ich setzte mich. »Sie hatte seit mehreren Jahren Aids«, präzisierte Salma Devos, »daher wollte ich Ihnen Bescheid geben, denn das hätte sie sich gewünscht.« Ich bekam keinen einzigen Ton heraus. Meine Tränen sprudelten, klar und durchscheinend, Töchter des Schmerzes und der Angst. »Ich habe Ihren Namen in einem Adressbuch gefunden, zusammen mit vierhundertsiebenundneunzig anderen, ich hatte Schwierigkeiten, Sie zu finden. Jetzt ist das erledigt, ich habe Ihnen Bescheid gegeben, ich hoffe, sie hat es Ihnen nicht übertragen.« Sie wollte auflegen. Ich nicht. Ich musste mehr wissen.

»Hat sie Ihnen von mir erzählt?«, fragte ich.

»Nein.«

»Sie hat nicht …«

»Nein, Monsieur«, unterbrach sie mich.

»Hat sie leiden müssen?«

»Man leidet immer.«

»Mein Gott …«

»Aber sie war glücklich. Sie wusste, dass es weggehen würde.«

»Dass was weggehen würde? Ich verstehe nicht.«

»Das Klebrige, Monsieur. Sie fand alle Männer schmierig, schmutzig, klebrig.« (Pause) »Es tut mir leid.«

Und sie legte auf.

Ich behielt den Hörer noch lange in der Hand. Der grelle Ton des Besetztzeichens war das Einzige, was mich noch mit ihr verband.

Ich dachte an ihr Lächeln an dem Tag, als sie das erste Mal mein Büro in Brüssel betrat. Ihr Lachen, als sie sich über mich lustig machte, weil sie ein Glas Wein bestellt hatte und ich einen Kaffee. *Und warum nicht gleich ein Glas Milch, Baby?* Ihr Körper, ihr Fleisch, ihre amarantroten Warzenhöfe, ihre schweren Brüste, ihre Schwangerschaftsstreifen, die Stacheldrähte auf ihren Bauch zeichneten, unser Gemetzel, unsere rohen Freuden und ihre Stimme, die danach immer gebrochen war, *geh jetzt, hau ab, verschwinde.* Ich weinte nicht mehr. Mir war sogar, als ob ich ein wenig lächelte.

Dann hob ich den Kopf. Monique stand neben mir, sie hatte sich nicht vom Fleck gerührt. Sie sah mich an. Ihr Blick war schwarz, schwarz wie die Wolken vor den ganz großen Gewittern, jene, die alles mit sich fortreißen, Tiere, Hausdächer, die Vernunft. Ich legte den Hörer auf, der überreizte Ton verstummte, und wir blieben allein in der Stille zurück.

»Hast du sie geliebt?«, fragte sie. »Ja«, antwortete ich.

Da brach der Sturm los.

Moniques Körper machte eine Drehung um sich selbst, ihre Arme zerteilten den Raum wie zwei Blitze und vernichteten alles, was sich auf ihrer Flugbahn befand: Stehlampe, Nippes, Zeitschriften, Stühle, Tisch, Fotorahmen, Aschenbecher, Kissen, Fernseher. Innerhalb eines Augenblicks verwüstete Moniques Gewitter das gesamte Wohnzimmer und erreichte dann mein Gesicht, die Klauen ihrer Blitze krallten sich in mein Fleisch, ich fühlte, wie ich zu bluten begann, doch ich wehrte mich nicht, und Monique schlug, schlug, schlug, bis sie mein entstelltes, hochrotes Gesicht sah. Auch aus meinen Augen lief Blut. Sie erstarrte für einen Moment, dann hob sie ihre Hände vor das Gesicht, um ihre Augen zu verbergen. Ihre Hände waren blutrot und zitterten.

Plötzlich schrie Mathilde. Monique stürzte zu ihr.

Das Leben ist ironisch.

Fast zwölf Wochen lang trug ich die Kratzspuren im Gesicht, die zunächst trockneten und dann granatfarbene Krusten bildeten, die schließlich abfielen – wenn ich sie nicht selbst entfernte – und feine weiße Narben zeigten, die mit der Zeit und wenn ich sie vor dem Sonnenlicht schützte, verschwinden würden, hatte der Arzt gesagt.

In diesen zwölf Wochen sollten Sylvia Sinibaldi und ich eine Aids-Präventions-Kampagne entwickeln. Wie gesagt, das Leben ist ironisch. Die Kampagne pries anonyme und kostenlose Aids-Tests an. Wir dachten uns höchst informative Werbeanzeigen für die Tests aus, die eben anonym und kostenlos durchführbar waren, wie wir betonten, und in einem Spot ließen wir Leute erklären, inwiefern die Kenntnis ihres serologischen Status ihnen dabei half, ihre Sexualität besser zu leben. Das Ganze war nicht so kreativ wie die Lutti-Werbung, aber dazu geeignet, eine große Anzahl von Menschen zu ermuntern, sich testen zu lassen.

Unter anderem mich.

Eines Morgens in aller Frühe begab ich mich in Clichy zum Test, eingehüllt in die schützende Blässe der Morgendämmerung. Man fragte nicht nach meinem Namen. Man gab mir eine Nummer. Man nahm mir Blut ab. Man fragte mich nach einem möglichen Risikoverhalten. Ich antwortete nicht. Man bat mich, zwei Tage später mit der Nummer wiederzukommen. Während dieser zwei Tage schlug mein Herz schneller. Ich hatte Angst. Nicht so sehr davor, Aids zu haben, als zu sterben. Zu verfaulen. Geschluckt, zerrissen zu werden von dieser Krankheit, über die die Sängerin Barbara empört war, *weil sie einen angreift und krepieren lässt, weil man geliebt hat.* Sylvia Sinibaldi wusste von meiner Angst. »Die Forschung wird schnell vorankommen«, sagte sie, um mich zu beruhigen, »sie wird die Moral und ihren ganzen repressiven Tanz nicht gewinnen lassen. Das ist nicht mehr nur eine Krankheit von Homosexuellen und Drogenabhängigen, es ist auch eine Krankheit der Bourgeoisie, von Notaren, Kleinunternehmern und ihren Söhnen.« Ich schlief nicht mehr. Hatte ich Monique angesteckt? Meine Töchter? Hatte ich die Frauen angesteckt, die auf Annie Vachon gefolgt waren? War ich ein Krimineller?

Zwei Tage später fuhr ich zurück nach Clichy. Diesmal brach die Nacht herein. Ich wartete auf einem Stuhl, bis meine Nummer aufgerufen wurde. Mir gegenüber saß eine junge Frau mit Unterlagen in der Hand. Ihre Hände zitterten. Plötzlich schlossen sie sich so brutal um die Papiere, als wollte sie ein Huhn erwürgen. Sie schrie. Eine Krankenschwester kam angelaufen, dann noch eine. Die junge Frau brüllte. Noch heute wache ich von ihrem »Ich will nicht sterben, bitte!« mitten in der Nacht auf.

Dann war ich dran. Ich betrat das Zimmer des Arztes. Gab ihm meine Nummer. Er suchte in einem Kasten nach meinem Bogen. Als er ihn gefunden hatte, was Stunden zu dauern schien, las er. »Negativ«, sagte er endlich. Mir wurde übel. »Negativ«, stotterte ich, »der Test ist negativ?« Der Arzt lächelte, kam näher, »nein, nein, keine Sorge, negativ heißt, wir haben keine HIV-Antikörper in Ihrem Blut gefunden, Sie haben kein Aids, das ist damit gemeint.« »Sind Sie sicher?« »Ja, der Test ist eindeutig.« »Und es kann auch nicht mehr kommen?« »Wenn Sie in Zukunft geschützten Verkehr haben, nein.« Ich schwieg einen Augenblick. Er sah mich an. Sah meine zitternden Lippen. »Möchten Sie mir etwas sagen?«, fragte er etwas sanfter. Ich hob den Kopf wieder. Meine Augen brannten.

»Jemand ist gestorben, das ist alles«, murmelte ich. »Jemand Wichtiges.«

Wenn man im Licht steht, geben einem die Mädchen, die gerade ihr Examen in der Tasche haben und einem ihre Mappen präsentieren, gern zu verstehen, sie könnten sich erkenntlich zeigen, wenn man sie als Praktikantin einstellt.

Wenn man im Licht steht, ist es leicht, eine verlobte Telefonistin bei einem Agenturabend flachzulegen.

Plötzlich hat man viele wunderbare Freunde. Leute, die einen schön, intelligent, brillant und lustig finden.

Man ist die Traumbeute von Headhuntern. Man entdeckt, wie erlesen das Frühstück im Hotel Raphael ist. Lernt den Aperitif in der gedämpften Atmosphäre der Bar des Lutetia zu schätzen. Die Chefs der anderen Agenturen brauchen einen plötzlich wie einen Sohn. Sie bieten einem an, ihre Kreativabteilung zum Firmament des Ruhmes zu führen. Plötzlich sitzt man im Restaurant Carré des Feuillants, und zwischen Dessert und Kaffee wird einem ein Gehalt von einer Million Francs geboten. Und beim Kaffee ein Mercedes.

Ich habe alles angenommen.

Die Freundlichkeiten der Praktikantin. Die schnell erledigte Telefonistin. Die wunderbaren Freunde. Die Million. Den 420er Mercedes. Und die Zigarre nach dem Kaffee.

Mit neunundzwanzig konnte ich von meiner Feder leben. Aber ich hatte mich im Tintenfass geirrt.

Ich schrieb, aber ich heilte nicht.

Die Reime kamen leicht, die Slogans waren seicht *(leicht-seicht)*. Bobis Utopien hatte ich vergessen. Genau wie die Lektionen meines Vaters. Die Ermutigungen meiner Mutter.

Mit neunundzwanzig war ich *Creative Director*.

Monique frohlockte, wegen der Million. »Wir werden diese winzige Wohnung aufgeben, los, Mädchen, packt eure Koffer!«

Gleich ab dem nächsten Morgen war sie damit beschäftigt, ein richtiges Haus für uns zu suchen. Monique träumte, das Geld würde in Strömen fließen, sie würde die Boutiquen von Laura Ashley plündern können, sie würde Sofas nach Maß designen lassen, eine Küche bei Boffi bestellen, bei Hermès herumhängen und vor einer Kelly-Handtasche und vielleicht auch einer Birkin schwach werden können. Sie telefonierte stundenlang mit ihrer Mutter, lachte, gluckste, riss Seiten aus Magazinen aus. Ihre Mutter kam vierzehn Tage nach Paris. Im nagelneuen Mercedes rollten sie davon, um sich Häuser anzuschauen, fuhren bis nach Versailles, Saint-Germain-en-Laye, Fontainebleau; eines Tages fuhren sie bis nach Joigny, aßen – ich sah die astronomische Rechnung – bei den Sterneköchen Michel und Jean-Michel Lorain Kotelett vom Milchkalb, getrüffelte Topinambur, Erbsenmousse mit Speck, Kalbsjus mit Arabica zum Mittag, und ich war wütend.

Monique stellte Marilda Cortès ein, die aus Loulé im Süden Portugals stammte, eine beeindruckende, alterslose Dame mit einem dunklen Schnurrbart, furchterregend, weil sie schrecklich schielte, und wunderbar sanft im Umgang mit unseren Töchtern.

Es stellte sich heraus, dass in Monique eine Art Lily Bart steckte, Heldin des grausamen Romans *Das Haus der Freude* von Edith Wharton. Sie strebte nach Luxus, »dem einzigen Klima, in dem sie atmen konnte«. Binnen weniger Wochen entdeckte ich, wie sehr das Geld zu ihrem Blut wurde, zu ihrer Kraft. Sie organisierte eine Party mit ihren Freunden vom Cours Florent, sandte dem Sprinter ein Ticket für einen Flug nach Barbados, wohin sie vor zwölf Jahren gemeinsam hatten fliegen wollen, und beschenkte sich selbst mit den Büchern *Dreams of a Young Girl*, *Private Collection* und *Erinnerungen an Bilitis* von ihrem geliebten David Hamilton. Ich versuchte, sie zur Vernunft zu bringen. Erklärte ihr, dass ich weder über das Vermögen eines Percy Gryce verfügte noch über das gewandte Benehmen oder den Charme eines Lawrence Selden, aber sie hatte *Das Haus der Freude* nicht gelesen.

»Manchmal bist du so kleinlich«, erwiderte sie.

Ihre Wahl fiel auf ein sehr großes Haus in einem Dorf im Vexin français im Schatten einer kleinen romanischen Kirche aus dem 11. Jahrhundert, keine fünfzig Kilometer von Paris entfernt. »Da brauchst du morgens nicht lange mit dem Auto. Wir werden dort glücklich sein, Édouard, die Mädchen lieben es, sie haben sich schon ihre Zimmer ausgesucht, wir legen einen Gemüsegarten an, und das Aufseherhaus kann eine sehr hübsche Unterkunft für Gäste werden, und Marilda ist einverstanden, bei uns zu wohnen, oh, sag schon ja, sag ja, bitte.«

Ich sagte ja, um mich von meinen Fehlern reinzuwaschen. Ja, um mir Annie Vachon vergeben zu lassen. Um mich von meinem Mangel an Liebe freizukaufen.

Mit 53 Jahren war meine Mutter wieder eine junge Mama.

Von morgens bis abends kümmerte sie sich um Alexandre, den Sohn, den Claire schließlich bekommen hatte, und nichts hätte sie ablenken können. Allerdings verschlang sie während der langen Stunden, in denen *das vaterlose Kind* schlief, die komplette Reihe der *Angélique*-Bände. Sie hatte weiße Haare und die zarte Seele eines sentimentalen jungen Mädchens. Äußerlich wurde sie älter. Innerlich immer jünger. Sie rauchte am Fenster, um die Luft im Zimmer nicht zu verpesten, und las währenddessen die Bücher.

Sie weinte, als Joffrey auf der Place de Grève verbrannt wurde. Sie lachte, als Angélique ihr Glück mit Schokolade machte, und hatte Angst um sie, als sie als Sklavin verkauft wurde. Sie fiel vor Überraschung beinahe aus dem Fenster (auch sie!!), als sie in *Angélique und ihre Liebe* entdeckte, dass der Rescator kein anderer als Joffrey war.

Mit dreiundfünfzig Jahren trauerte meine Mutter auf ihre Art um einen Sohn, sie füllte die Leere ihrer Tage mit Wind, Schiffen, Piraten, Treuebrüchen und Liebe. Sie überlebte, wie sie es immer getan hatte. Sie zwang *die Unglückliche* dazu, auszugehen. »Du musst unter Leute«, sagte sie, »du darfst nicht alleine bleiben, vor allem mit dem Kleinen. Solange er noch klein ist, geht das, da ist er süß, aber danach jagt das Kind eines anderen den Männern Angst ein. Männer wollen immer Erster sein, der Erste, der einen zum Weinen bringt, der Erste, der einen bluten lässt. Du bist hübsch, Claire, nutz das. Vergiss Alexandre, wenn du ausgehst, sei egoistisch, rette dich.«

Sie war eine wahre Mutter, sie war besorgt. Sie hätte auf das Kind aufgepasst, es zu ihrem eigenen gemacht, zu dem ihres eigenen Leibes, wenn ihre Tochter so einen Mann gefunden hätte, ihm ganz und gar verfallen wäre.

Manchmal schlich ich mich sonntagmorgens, wenn Monique und die Mädchen in ihren Zimmern, die sie sich in diesem großen Haus im Schatten einer romanischen Kirche aus dem 11. Jahrhundert ausgesucht hatten, noch schliefen, zum Mercedes. Der Mercedes schnürte über die A1. Ich fuhr zu der Wohnung in Croix, brachte Croissants und Milchbrötchen mit, und für ein oder zwei Stunden lang versuchten meine Mutter, meine Schwester und ich die Stunden von früher in der blassgelben Küche zurückzuholen – diese Zeit, in der jeder von uns einem schönen Leben entgegensah.

Unsere Mutter wäre glücklich bis ans Ende ihrer Tage. Ich würde Schriftsteller werden. Unser Bruder bliebe ein Engel. Claire eine Prinzessin. Und Dumbo bei uns.

Sehr schnell wurde das Haus ein Fass ohne Boden.

Heizkessel, Dach, Möbel, Haushaltsgeräte, ein Grotrian-Steinweg-Klavier für Mathilde – »Mozart hat mit fünf Jahren angefangen, Cembalo zu spielen«, erklärte mir Monique. Die Turngeräte nicht zu vergessen, denn sie wollte die fünfzehn Kilo abnehmen, die sie seit der Geburt von Jeanne zu viel hatte, um dann ein *Comeback* am Theater zu versuchen. Ihre Mühen machten sich bezahlt. Sie verlor ein Pfund und ließ sich als Cléonice *(Les amants magnifiques)*, Olivia *(Was ihr wollt)*, Antigone *(Antigone)*, Estelle *(Geschlossene Gesellschaft)* fotografieren und schickte die Bilder an alle Castingagenturen, die sie ausfindig machen konnte.

Sie hatte eine Studentin aus dem Dorf engagiert, um Marilda Cortès Französisch beizubringen, im Austausch gegen Portugiesischunterricht, aber in der ersten Stunde wirkte der Schnurrbart so nachhaltig auf das Mädchen, dass sie versuchte, Marilda Cortès von den Tugenden des Wasserstoffperoxid zu überzeugen. Marilda Cortès reagierte hoheitsvoll. Ihre Hand teilte die Luft wie eine Klinge, und aus ihrem Mund schoss Feuer: *»Frida Kahlo estava tão bonita!«* Die in Angst und Schrecken versetzte Studentin flüchtete. Marilda Cortès radebrechte weiterhin – die Mädchen waren bezaubert, und ihre Mutter nahm Abstand von dem Gedanken, der Portugiesin ein perfektes Französisch beizubringen.

Jeanne machte in diesem Haus ihre ersten Schritte, und Mathilde schrieb ihre ersten Reime:

Papa, du hast Geburtstag heut
Rat mal, wer sich freut.
Du bist ja so schön,
ich will dich immer wieder lächeln sehn.

Ich schwöre, dass ich mich von ganzem Herzen bemüht habe, bei diesen schlechten Reimen nicht in Entzücken auszubrechen. Ich hielt jedes Wimpernzucken, jede Bewegung der Lippen zurück, blieb vollkommen regungslos. Es ging darum, meine Tochter vor der Hölle zu retten.

»Magst du mein Gedicht nicht, Papa?«

»Hübsch. Möchtest du noch Milch, mein Liebling?«

»Mama sagt, du wärst unglücklich, weil du nicht magst, was du schreibst.«

Uff. Ein Lästermaul macht noch keinen großen Dichter.

Ich meinerseits ertrug die täglichen hundert Kilometer Fahrt nicht mehr, nicht einmal in der Bequemlichkeit des deutschen Autos. Daher übernachtete ich oft in einem Hotel in Paris, manchmal in den Armen einer jungen Telefonistin oder Praktikantin. Ich arbeitete viel, denn ein Gehalt von einer Million erfordert viel Arbeit. Wir bekamen das sehr begehrte Werbebudget des Crédit Agricole – eine nette Rache, denn es war eine Filiale eben dieser Bank, die sich an der Stelle des Geschäfts *Vater & Sohn, seit 1830* niedergelassen hatte.

Zweihundert Kilometer von unserem wunderbaren Haus entfernt lernte Claire auf einem von der *Katho-*

lischen Freundschaft organisierten Abend einen Witwer kennen. »Er ist ein Fels«, sagte sie, »er passt wunderbar zu meinem Herz aus Stein. Zusammen schlagen wir Funken.«

Ihr Schmerz ließ sie wider Willen komisch und bitter werden. Ich schickte ihr oft Pakete mit Produkten, für die wir Reklame machen sollten: Gloria-Milch als Kondensmilch oder Pulver, Kartoffelpüree, Windeln, Ultra-Brite-Zahnpasta, Waschmittel von Gama. »Hör auf damit«, sagte sie, »ich will dein Mitleid nicht.« »Das ist kein Mitleid, nur Waschmittel.« »Es wird meinen Schmerz nicht wegwaschen, kleiner Weihnachtsmann.«

Und fünf Minuten von ihr entfernt hatte Dumbo ein Urinproblem.

Wegen der Zeitumstellung kam der Morgen eine Stunde später.

Dumbo stand also eine Stunde früher auf, da er den starken Drang verspürte zu urinieren. Er ging zur Toilette, auf dem Weg dahin stieß er sich an dem kleinen Tisch im Flur, woraufhin ein Geräusch von zersplitterndem Glas zu hören war, dann kam er mit durchnässten Schlafanzughosen wieder aus der Toilette. Das war, ohne Wortspiel, der Tropfen, der bei Anna Nasse das Fass zum Überlaufen brachte. Sie hatte es hingenommen, es ausgehalten, und nun war es zu viel.

Da waren die Erinnerungslücken, die Konzentrationsschwierigkeiten, Wörter, die in einem Satz nichts zu suchen hatten, die goldene Uhr, die nicht wiederzufinden war, die Schwierigkeiten, sich die Schnürsenkel zuzubinden, das Ärmelloch eines Hemdes zu finden; da waren die grundlose Wut und Angst, wegen einer Kleinigkeit, die plötzlich woanders stand, Besteck, das nicht am richtigen Platz lag, ein Glas, das nicht exakt gleich voll war wie die anderen; da war das nicht ausgestellte Gas, der Heißwasserhahn; da war die Gewalt der Depression, die Traurigkeit des Stumpfsinns; da waren sich wiederholende, zwanghafte Gesten, die rechte Hand, die die Handfläche der linken Hand kratzte, bis sie blutete, Schaukeln mit dem Stuhl, bis er aus dem Gleichgewicht geriet, Finger, die am Ohrläppchen zogen, bis es riss; da waren Wörter, Wendungen, ganze Teile der Sprache, die verschwanden; da war tiefe Niedergeschlagenheit, Stille; Namen, die sich keinem Gesicht mehr zuordnen ließen, Fotos, die nichts mehr auslösten; da war das wieder ausgespuckte Essen, wie es Kinder, die gefüttert werden, manchmal tun, Suppe, die aus dem Mund rinnt und wie ein Faden bis auf den Boden fließt; da waren die unzusammenhängenden Bewegungen, die Kakophonie des Körpers; da war diese Sekunde, als Anna Nasse nicht mehr wiedererkannt, nicht mehr beim Namen genannt wurde; und da war die von Pisse durchnässte Schlafanzughose.

Da waren Hirnatrophie, Gedächtnisbeschwerden, neurodegenerative Prozesse, Neuronenverlust, das Allel Apolipoprotein E – aber vor allem waren da Schmerz, Angst und Entsetzen.

»Ich halte es nicht mehr aus«, sagte mir Anna Nasse, »es ist zu schwer. Ich kann nicht mit jemandem enden, mit dem ich mehr als fünfzehn Jahre meines Lebens verbracht habe und der plötzlich meinen Namen nicht mehr kennt, der mich nicht mehr erkennt und der nicht einmal mehr weiß, dass er dein Papa ist. Es ist schrecklich. Er macht keinen Unterschied mehr zwischen mir und einem Hundehaufen. Er sieht sein Püree an, wie ein Huhn einen Dosenöffner anschauen würde. Es tut mir leid, ich spreche nicht gern so über deinen Vater, das macht dich traurig, das sehe ich doch. Mich macht das auch traurig. Ich fühle mich wie ausgelöscht, als hätte es mich nie gegeben. Da sind keine Erinnerungen mehr, kannst du dir das vorstellen, keine Intimität, kein Körperkontakt, kein Geruch, keine Haut mehr. Ich sollte dir das nicht erzählen, aber neulich, als ich ihn gebadet habe, nahm ich sein Geschlecht in meine Hand und habe es gewichst, wie er es immer gern mochte, damit das wiederkommt, damit er sich erinnert, aber er hat angefangen zu schreien, er hat versucht, mich zu kratzen, und ich konnte nicht einmal weglaufen, weil ich Angst hatte, dass er ertrinken würde, wenn ich ihn alleinlasse. Er weiß nicht mehr, dass er in einer Badewanne aufrecht sitzen bleiben muss. Er weiß nicht mal mehr, dass man unter Wasser die Luft anhalten muss. Er weiß gar nichts mehr. Ob ich also da bin oder nicht, welchen Unterschied macht das schon?«

In diesem Winter verließ Anna Nasse unseren Vater.

Sie bat uns, ihn abzuholen, so wie man den Sperrmüll beauftragt, eine Waschmaschine abzuholen, derer man sich entledigen will.

Unser erstes Weihnachten in dem großen Haus. Monique hatte einen Tannenbaum und den dazugehörigen Schmuck bei Habitat gekauft. Sie hatte zwei Tage lang zusammen mit den Mädchen gekocht. Sie träumte von einem unvergesslichen ersten Weihnachten, von einer letzten Chance.

Eine Castingagentur hatte sie angerufen, nachdem sie ihre Fotos geschickt hatte, aber es ging um eine Nebenrolle in einer Maigret-Folge, eine kümmerliche, kleine stumme Rolle, die sie schnell ablehnte und auf ihre Erfahrung verwies. »Ich habe mit Francis Huster gearbeitet, zwei Szenen in *Les Caprices de Marianne* von Musset gespielt, *eine Frau ist eine Vergnügungspartie! Könnte man nicht, wenn man einer begegnet, sagen: Seht, dort geht eine schöne Nacht vorüber?*, also nein, nein, so eine Dumme zu spielen, die irgendwo im Hintergrund hinter Bruno Cremer vorbeigeht, dazu sage ich nein!«

Es war kalt in diesem Winter.

Und es war unser letztes Weihnachten in dem großen Haus.

Monique machte unseren Mädchen die erwarteten Geschenke. Barbie als Tierärztin, Barbie als Hutmacherin, als Krankenschwester, als Prinzessin. Da sie die Ältere war, bekam Mathilde dazu noch einen Hawaii-Ken. Mir schenkte Monique einen Montblanc *Meister-*

stück 149, ich hatte die Rechnung auf meinem Kontoauszug gesehen, wie für alle Dinge in diesem Haus. Dieser Oger, der mich mit Haut und Haaren auffraß, der mich zuverlässiger verschlang als das herrliche Geschlecht von Rosa Éléonore Gurfinkel, der Schöpfung von Maurice Pons.

Marilda Cortès schenkten wir einen kleinen Sony Fernseher für ihr Zimmer und einen Flakon Chanel N° 5. Sie gab spitze Kleinmädchenschreie von sich, die unsere Kleinen entzückten. Alle drei tanzten im Kreis, stampften mit den Füßen, und ihre Freude entlockte sowohl Monique als auch mir ein trauriges Lächeln.

Als der Tanz vorbei war, wandten sich die Gesichter mir zu. Es war an mir, meine Geschenke zu verteilen. Die Zimmer meiner Töchter waren voll mit überflüssigem Spielzeug, Puppen mit ausgerissenen Gliedmaßen, kaputten Bauernhoftieren, zerbrochenen Launen. Ich schenkte ihnen also ein Buch. Ein Buch, das ich für sie geschrieben hatte.

Der stinkende Wolf.

Es ist die Geschichte von einem Wolf, der bei seiner Geburt in der Nähe eines Fischstandes ausgesetzt wird. Daher stinkt er nach Fisch, und alle Katzen der Stadt rennen ihm nach. Der kleine Wolf entkommt ihnen und versteckt sich in einer dunklen Gasse, wo eine weise alte Katze ihm den Rat gibt, in den Wald zurückzukehren. »Aber im Wald sind Jäger!«, ruft der kleine stinkende Wolf aufgeregt. »Aber die Jäger jagen keine Fische«, beruhigt ihn die weise Katze. »Das machen die Fischer.«

Zurück im Wald wütet der Wolf unter den Hasen, den Feldmäusen und Vögeln, die nicht merken, wenn er sich nähert, da niemand einem Fisch misstraut.

Aber schließlich verstehen es die Tiere und warnen einander: »Wenn es nach Fisch riecht, sei auf der Hut, das ist der Wolf.«

Und wieder hasst man ihn. Er geht zurück in die Stadt, wo er auf einen Parfümeur trifft. Der rät ihm zu einem Duft, den alle mögen. Einen Duft, mit dem er sich viele Freunde machen werde. Der Duft von Schokolade.

Könnt ihr euch das Grauen eines Wolfes vorstellen? Von Hunderten von Kindern verfolgt zu werden? Also fordert der Wolf ein Parfüm des Schreckens. Ein Wolfsparfüm. Aber ein Wolf, der nach Wolf riecht, schlägt sein Futter in die Flucht und lockt die Jäger an.

Er kehrt ein letztes Mal in die Stadt zurück, kauft sich

Seife, wäscht sich, schrubbt sich und schrubbt, bis er wieder nach Fisch riecht.

Und was passiert da wohl?

»Schlafenszeit, Mädchen!«, sagte Monique. »Marilda bringt euch ins Bett. Und vergesst nicht, vorher noch mal Pipi zu machen, Hände zu waschen und Zähne zu putzen.«

»Dein Geschenk ist schön«, erklärte Mathilde und umarmte mich.

»Stirbt der Wolf?«, fragte Jeanne mit leiser, besorgter Stimme.

»Pai erzäle euch Rest amanhã«, sagte Marilda Cortès und nahm unsere Mädchen mit.

Wir blieben also allein zurück. Ich zündete mir eine Zigarette an. Monique goss sich ein Glas Wein ein.

Wir wussten es, alle beide. Vorhang. Ende.

»Du bist der Wolf, der stinkt«, sagte sie. »Nicht, weil seit dieser Frau in Brüssel deine Finger stinken, sondern weil du dich genau wie dein dämlicher Wolf aus der Geschichte nicht so liebst, wie du bist. Und wenn man sich selbst nicht liebt, kann man auch niemand anderen lieben.« Sie trank einen Schluck Wein. »Als Mathilde geboren wurde, wollte ich sterben, weil du mich nicht liebtest. Aber du bist geblieben. Wir sind aus Brüssel fort und nach Paris gezogen. Du hast dich um unsere Tochter gekümmert, hast wieder geschrieben, ich bin dir gefolgt, aber du hast mich nicht mitgenommen. Das war deine Phase des Schokoladengeruchs, wie bei deinem bescheuerten Wolf.« Sie leerte ihr Glas. »Später bin ich nur zurückgekommen, weil Mathilde zu dir laufen wollte. Verstehst du, ein Kind von einem Jahr, das entdeckt, dass es laufen kann, und das man fragt, wohin es gehen will, und es antwortet zu Papa. Scheiße! Verdammte, verschissene Scheiße!«

Sie goss ihr Glas noch einmal voll. Es lief über.

In dem großen Haus hörte man im ersten Stock das Geräusch der Toilettenspülung, dann war es still.

»Ich werde dir sagen, was am Ende deiner Geschichte vom stinkenden Wolf passiert.«

Wir waren eine seltsame Generation, Söhne und Töchter von Dumbo, von der Geliebten und so vielen anderen in ihrem Alter, die zu viele Stunden ihrer Kindheit unter der Erde, in den Schutzräumen verbracht hatten, während es draußen Metall regnete. Unsere Mutter sah zwei englische Fallschirmspringer, die anmutig durch die Luft des Jardin de la Rhônelle in Valenciennes schwebten und von einem lachenden Deutschen mit MG-Feuer belegt wurden. Sie war vier Jahre alt. Dumbo wurde beinahe unter den zusammenstürzenden Mauern des Rathauses begraben, das von einer Granate getroffen worden war. Er war acht. Als er am nächsten Morgen wiederkam, sah er, dass nur die Fassade stehen geblieben war, wie ein Stinkefinger, den die Stadt den Messerschmitts am Himmel zeigte. Gleichaltrige Freunde wurden weggebracht, sie sahen sich nie wieder. Man hörte furchtbare Dinge, Fleisch wurde knapp, der Skorbut zeichnete böse Grimassen in die Gesichter, es gab keine Musik mehr, und mein Großvater wurde nach Mauthausen deportiert.

Die Kinder lernten den Fluch der Überlebenden kennen: Sie hatten überlebt. Später, im beginnenden Erwachsenenalter, lernten sie das algerische Elend kennen und überlebten es ebenfalls. Einige, wie Dumbo, kamen als Mörder zurück und überlebten sogar den Ekel vor sich selbst. Und so hatten sie beim Erwachsenwerden den Drang, alles auszuprobieren. Und euphorisch probierten sie alles aus. Untreue, Unverschämtheit, Depression, Psychoanalyse, weiche Drogen, Rock 'n' Roll, Erfolg, Misserfolg, Scheidung; sie hatten keine Angst mehr vor dem Tod, sie verstanden, dass Liebe keine Notwendigkeit ist, sondern ein Wort unter vielen. Man konnte leben, ohne zu lieben.

Nicht die Liebe hatte sie gerettet, sondern die Feigheit.

Also paarten sie sich fröhlich, und egal ob sie sich liebten oder nicht, machten sie später ein paar Kinder und beauftragten sie damit, sie zu heilen. Die Welt wieder in Ordnung zu bringen. Und dann kamen wir, auf uns lasteten ihre unter den Trümmern der Schutzräume, dem Metall der Schande, dem Sand der Sabcha von Chott Ech Chergui aufgegebenen Kinderträume.

Sie brachten uns nicht bei, was Liebe ist. Wir mussten es entdecken.

Vier erbärmliche Reime, und es war beschlossene Sache: Du wirst Schriftsteller, du wirst unsere Geschichte schreiben, du wirst uns retten. Zwei Flügel und du, unser Bruder, wirst unser Engel sein, das tote Gewissen all dessen, was wir versäumt haben. Und an dir, kleine rosa Prinzessin, wird die Liebe immer vorbeifliegen, ohne je haltzumachen, du wirst der bequeme Spiegel unserer Mittelmäßigkeit sein. Du wirst sie akzeptabel machen.

Es gab keine Fortsetzung des *stinkenden Wolfs*. Am Morgen nach Weihnachten war ich verschwunden.

Den 1. Januar verbrachte ich in Croix bei meiner Mutter zum traditionellen Neujahrsessen. Sie wunderte sich kaum darüber, dass Monique und unsere Töchter mich nicht begleiteten. Ich gab meine Lüge zum Besten, »Jeanne hat neununddreißig fünf«, meine Mutter lächelte, zuckte mit den Schultern. »Mein kleiner Pinocchio«, sagte sie, »glaubst du, ich bin blind?«

Claire war schon da, im Wohnzimmer, ihr Kopf lehnte an der Schulter des Felsens, des Witwers, der ihr versteinertes Herz hatte rissig werden lassen. Yves, gute vierzig, kahl, eine wohltuende Erscheinung. Seine Tochter spielte mit Alexandre. Jeanine, dreizehn Jahre alt, Akne auf der Stirn, Zahnspange, trauriger Blick. So kam alles wieder in Ordnung, *das Herz aus Stein* hatte den Felsen ausfindig gemacht. Claire bot ihrem Sohn einen richtigen Papa und wurde selbst zur neuen Mama für Jeanine. Die Schmerzen verschwanden im Schein des neuen Glücks. Claires Teint hatte das Grau von Flusskieseln behalten, die gierigen Küsse von Yves erwärmten ihre Wangen noch nicht. »Das kommt noch«, würde sie später sagen. »Man muss ja überleben.«

Unsere Mutter servierte den Champagner, entschuldigte die Abwesenheit von Monique wegen Jeannes Fieber. »Oh wie schade«, sagte Yves, »ich hätte sie so gern kennengelernt.«

Wir setzten uns schnell an den Tisch. Stopfleber,

dann Rinderbraten mit Schlosskartoffeln, wie jedes Jahr. Yves arbeitete als Versicherungsvertreter. »Das läuft gut«, sagte er, »die Gewinnspannen nehmen zwar ab, aber immerhin werden wir dafür entschädigt, ich habe gerade den neuen Clio bekommen, das ist cool.« Seine Frau war vor sechs Jahren gestorben, an einer Gräte erstickt, als sie allein zu Hause zu Mittag aß. Sie hatte noch Zeit, den Telefonhörer abzuheben, den Notruf zu wählen, aber als sie zu sprechen versuchte, dachte die Feuerwehr, es handele sich um einen Scherz. Yves versuchte Klage zu erheben wegen unterlassener Hilfeleistung, aber die führte zu nichts. »Ich habe seit diesem Tag nie wieder den Feuerwehrkalender gekauft, und Jeanine würde niemals einen Jungen heiraten, der Feuerwehrmann werden will, nicht wahr, mein Schatz?« Das Essen war schnell vorbei. Ich deckte den Tisch ab, brachte das Geschirr in die Küche, Claire heftete sich an meine Fersen. »Wie findest du ihn?« »Nett.« »Er ist nicht Joe Dassin«, sagte sie, »manchmal finde ich ihn hässlich, aber wenn er lacht, finde ich ihn schön …« Plötzlich erstickte sie beinahe an ihrem Schluchzen, wie an einer Fischgräte. Ich nahm sie in die Arme, ihr war kalt, sie zitterte. »Ich habe in meinem Leben nie viel verlangt«, flüsterte sie, »ich wollte nur jemanden kennenlernen, eine schöne Liebesgeschichte erleben, nur das, eine schöne Liebesgeschichte. Und selbst die werde ich nicht erlebt haben.«

Ich küsste ihr Haar und erinnerte mich an sie dreizehn Jahre zuvor, im Jahr 1978, eines Abends in ihrem rosa Zimmer. Ich hatte gerade knapp das Abitur geschafft. Sie war vierzehn, hörte *Hôtel de la plage* von Sheila & B. Devotion, lag auf ihrem Bett und las in der *Marie Claire* den Bericht einer betrogenen Frau. An den Wänden hingen Poster von Richard Gere und Thierry Lhermitte. Sie glaubte an den Märchenprinzen. Sie hatte Angst davor, mit einem Jungen zu schlafen, es sei denn, es wäre der Prinz. Sie hatte mich gefragt, ob es gut gewesen war, mein erstes Mal, und ich hatte mit sanfter Stimme geantwortet: »Ja, ja, ich glaube, es war gut«, und sie wollte, dass man das eines Tages über sie sagen würde, nur das – *ja, ja, es war gut.*

Und dann war unser Bruder ins Zimmer gekommen, er hatte uns mit seinen Flügeln bedeckt, und unsere Kindheit war verschwunden.

Ich nahm mir ein Zimmer im Hotel Mercure in Courbevoie. Ich war in der Weihnachtsnacht aus dem sehr großen Haus im Schatten einer kleinen romanischen Kirche aus dem 11. Jahrhundert ausgezogen. Mathilde und Jeanne schliefen, die Barbies an ihre Herzen gedrückt. Marilda Cortès sah sich heitere Sendungen auf ihrem ersten Fernseher an, und Monique hatte glänzende Augen von dem Wein, den sie getrunken hatte. Sie hatte sich nicht vom Sofa wegbewegt, auf dem sie saß, während ich durchs Haus lief, mich umsah, was ich mitnehmen sollte, und nichts fand. Ich kam also mit leeren Händen ins Mercure. Die junge Frau an der Rezeption hatte eine rote Mütze auf. Neben ihr stand ein lauwarmes Glas Champagner, etwas Konfetti war auf der Tastatur ihres Computers und ihrer Brust verstreut; sie war allein an der Rezeption und wirkte abgespannt. »Für eine Nacht?«, fragte sie. »Für ein Leben«, antwortete ich. Sie hob den Kopf und betrachtete mich eingehend. »Sie sehen traurig aus.« Ich lächelte. Ein trauriges Lächeln, gezwungenermaßen. »Sie auch«, murmelte ich, und sie lächelte. Ein trauriges Lächeln, gezwungenermaßen. Sie streckte die Hand aus, griff nach dem Plastikglas, trank die abgestandene Flüssigkeit und seufzte müde. »Kann ich bei Ihnen schlafen?« Ich nickte. Daraufhin hielt sie mir eine Magnetkarte hin. Die 310. »Ich habe in zwanzig Minuten Feierabend.«

Wir schliefen nicht miteinander. Sie kam mit ihrem Hotelschlüssel herein, zog sich aus, und als sie vollständig nackt war, schlüpfte sie zu mir unter die Decke. Sie flüsterte: »Danke, frohe Weihnachten« und schlief sofort ein. Erst einige Stunden später, gegen Mittag, als wir erwachten, einander in die traurigen Gesichter blickten, schlossen wir uns in die Arme, und unsere Münder küssten sich; ein Abschiedskuss, kraftvoll, erotisch und verzweifelt, der nicht andauerte, und während sie sich wieder anzog, war ich derjenige, der sich bedankte. »Frohe Weihnachten.«

Ich verbrachte die kurze Woche zwischen Weihnachten und Neujahr am Telefon. Ich suchte nach Altenheimen, Kliniken, Einrichtungen, Pflegeheimen, irgendjemand musste doch zum Teufel Dumbo aufnehmen, aber niemand nahm ab. Ich stieß auf Anrufbeantworter, Besetztzeichen, abweisende Stimmen, die verlangten, ich solle nach den Feiertagen wieder anrufen. »Aber die Feiertage bedeuten ihm nichts«, schrie ich, »er braucht Sie jetzt!«, und im besten Falle verband man mich mit einem Leiter, der mit zuckriger Stimme anregte, ob es denn nicht möglich sei, dieses letzte Weihnachtsfest im Kreise der Familie zu verbringen, im Neuen Jahr würde man bestimmt klarer sehen? Es gibt keine Familie mehr, Blödmann, es gibt gar nichts mehr.

Am 30. Dezember gegen elf Uhr geschah ein Wunder. »Natürlich«, hörte ich. »Sehr gern. Dafür sind wir ja da. Sagen Sie mir noch einmal seinen Namen. Wann Sie wollen. Heute Nachmittag? Sehr gut. Vergessen Sie seine Papiere und seine Medikamente nicht. Gut. Gegen 15 Uhr also. Gute Fahrt.«

Auf der Autobahn lieferte ich mir ein Rennen mit

dem TGV, der plötzlich zu meiner Linken auftauchte. Der Wagen raste los, und als er zweihundertfünfzig Kilometer pro Stunde erreicht hatte, hörte ich das kurze Knacken der Motordrosselung des Mercedes. Der Zug verschwand, ich hatte verloren, aber was für ein Spaß! Was für ein Spaß, verdammte Scheiße noch mal, was für ein verdammter Spaß, schneller zu fahren, als der eigene Vater je gefahren ist, dem man das aber nie wird sagen können, weil er nicht einmal weiß, was zweihundertfünfzig Kilometer pro Stunde ist. Weil er nicht weiß, was es heißt, einen Ständer zu kriegen, während man einen Zug verfolgt. Weil er nicht weiß, was es heißt, mit einem Mädchen zu schlafen, ohne sie zu bumsen.

Weil er nicht mehr weiß, wer ich bin.

Am letzten Tag dieses Jahres 1991 betrat Dumbo sein Zimmer in der Seniorenresidenz Jeanne de Valois in Maing in der Nähe von Valenciennes. Er zeigte keine Reaktion. Meine Hand hielt die seine fest, sie war kalt. Ich setzte ihn in einen kleinen Sessel bei der Tür. Die Pflegerin half mir, mit der Bettwäsche, die Anna Nasse mir mitgegeben hatte, das Bett zu machen. Ich weinte. Ich erinnerte mich daran, wie er mir geholfen hatte, das Bett im Internat zu beziehen, wo wir wegen eines dunklen Pelforth, des Buchs von Giono und unserer Versprechen vor mehr als zwanzig Jahren zu spät gekommen waren. »Es wird ihm hier gut gehen«, sagte die Pflegerin. Dumbo reagierte nicht auf ihre Stimme. »Er trägt ein Hörgerät«, sagte ich, »aber er vergisst es oft oder schaltet es nicht an.« »Wir werden darauf achtgeben«, sagte sie. »Er darf nicht in der Stille bleiben«, beharrte ich, »mein Bruder …« »Wir werden darauf achtgeben«, unterbrach mich die Krankenschwester, »dafür sind wir da.« »Er hat mal gesagt, die Stille ist das Ende«, flüsterte ich, »es ist das Ende, verstehen Sie?«

Die Krankenschwester schlug daraufhin auf das Kissen ein, als sei es mein Gesicht, ließ es dann auf dem Bett liegen, legte die drei Schritte zurück, die sie von Dumbo trennten, und nahm seinen Arm. »Sie werden sich hier wohlfühlen, Sie haben ein gutes Bett, sehen Sie, Ihr Sohn hat es für Sie gemacht, *Ihr Sohn.*«

Auf dem Parkplatz der Residenz rauchte ich zehn Zigaretten. Ich wollte nicht fahren. Ich dachte an ihn. An seine Hand, die sich in meine verknotete, seine schon so kalte Hand. Sie hatte gesagt *Ihr Sohn*, und er hatte nicht reagiert. Ich hatte ihm gesagt: »Ich liebe dich, Papa«, als ich ging, und er hatte nicht reagiert. Ich hatte ihm gesagt: »Ich komme bald wieder«, ich hatte ihm ein »frohes neues Jahr« gewünscht, die Krankenschwester hatte hinzugefügt: »Heute am Silvesterabend gibt es ein großes Festessen«, und er hatte nicht reagiert. Wütend trat ich meine Zigarette aus. Sie war wie das Herz eines Vogels unter meinem Schuh, ich zertrat es mit aller Kraft, ich wollte, dass es aufhörte zu schlagen, dass es schwieg, und durch den Schrei, den es ausstieß, erkannte ich, dass dieses Herz mein eigenes war.

Die Direktorin der Seniorenresidenz kam zu mir auf den Parkplatz. »Mein Büro ist gleich da oben«, sagte sie, »im ersten Stock. Mit Blick auf den Parkplatz«, fügte sie lächelnd hinzu, »für eine Direktorin, das heißt was.« *Schweigen.* »Ich will Ihnen etwas sagen. Mir ist wichtig, dass es Ihnen und Ihrem Vater gut geht. Ich schwöre Ihnen, wenn Sie das nächste Mal kommen, werden Sie nicht mehr zehn oder zwanzig Zigaretten auf diesem Parkplatz rauchen und dann mit Mordlust zertreten.

Ich schwöre Ihnen, alles zu tun, damit Sie glücklich in dieses Auto steigen und denken, dass es Ihrem Vater hier gut geht und dass Sie gut daran getan haben, ihn mir anzuvertrauen. Und ich verspreche Ihnen, dass es ihm gut gehen wird.« Ich weinte. Ich umarmte sie. Ich war wieder fünf, sieben, acht Jahre alt, für einen Augenblick lang retteten mich ihre Arme, verhinderten, dass ich unterging, die Arme einer Mutter.

Ich machte mich wieder auf den Weg, fuhr kein Wettrennen mit den TGVs mehr, kam am frühen Abend im Mercure an, bat darum, mit der Rezeptionistin zu sprechen, die in der Weihnachtsnacht da gewesen war. Der stellvertretende Direktor kam zu mir. »Sie arbeitet nicht mehr hier«, sagte er, »sie war nur als Vertretung hier, verstehen Sie, wir möchten, dass unsere Mitarbeiter den Weihnachtsabend bei ihrer Familie verbringen.« »Wissen Sie, wie ich sie erreichen könnte?«, fragte ich, »ich bin Creative Director einer Werbeagentur, ich suche jemanden wie sie.« »Tut mir leid, Monsieur.«

Zehn Stunden später war ich bei meiner Mutter in Croix zum traditionellen Neujahrsessen.

Ein Camembert kann doch nicht heißen wie ein Mädchen.« Sylvia Sinibaldi lächelte und stellte behutsam ihre Kaffeetasse ab. »In den *Mythen des Alltags* widmet Roland Barthes ein Kapitel der Milch und dem Wein«, fuhr sie fort. »Für ihn ist die Milch von sämiger, beruhigender Natur, während der Wein etwas Entstellendes, Chirurgisches hat, da er verwandelt und etwas hervorbringt. Er ist kraftvoll, brutal, er ist eine Umwandlungssubstanz, wohingegen die Milch kosmetisch und exotisch ist.«

Sie war mir nicht in meine neue Agentur gefolgt. Sie hatte die Ruhe des Schattens dem Tumult des Lichts vorgezogen. Wir hatten uns behutsam getrennt, wie Wasser. Und sie war eine Freundin geworden.

»Also wenn ich du wäre«, fügte sie hinzu, »würde ich ihnen vorschlagen, ihrem Camembert einen neuen Namen zu geben, der die Kraft des Weines evoziert, die Kraft des Blutes, ich würde eine Verpackung mit viel Rot machen und eine Werbekampagne mit Kerlen, echten Kerlen – mit all dem, was ich nicht ausstehen kann«, sagte sie lächelnd, »aber gut.«

Drei Wochen später schlugen wir der Firma Elle & Vire vor, ihren gleichnamigen Camembert in *Cœur de Lion* umzutaufen. Wir plädierten für ein Etikett mit viel Rot. Und ich entwarf Spots, bei denen Kerle zu sehen waren, echte Kerle, mit Dialogen wie von Audiard. Wir bekamen den Auftrag, und die Markteinführung von *Cœur de Lion* wurde ein echter Erfolg.

Ich ließ Sylvia Sinibaldi eine Kiste mit sechs Flaschen 1961er Château Margaux liefern. Und einen Camembert.

Ich hatte das Hotel Mercure in Courbevoie schließlich verlassen und war in eine dunkle kleine Zweizimmerwohnung in der Rue du Docteur Heulin gezogen, ein paar hundert Meter von der Rue Pouchet entfernt, wo Monique, Mathilde und ich nach unserer Rückkehr aus Brüssel gewohnt hatten. Dort traf ich wieder auf den Weinhändler und seine Schwester Madame Josée. Er beweinte, vor allem aber betrank er mein Unglück. »Wenn das nicht traurig ist, ein hübsches nettes Paar wie Sie, so schön, also man muss ja schon sagen, Sie hatten gewaltiges Pech, mit Ihrem Bruder, der gestürzt ist, und Ihrer Schwester mit dem Kleinen ohne Papa, hier, da habe ich einen schönen Lirac, einen von der besten Sorte, kraftvoll und weiblich zugleich, wie der Kuss von jemandem, den man verloren hat«, sagte er, während er den Lirac aufmachte, den Korken an die Nase hielt. »Ein Kuss«, flüsterte er dann wie zu sich selbst, »genau das, ja, ein verdammter Kuss.« Madame Josée bot sich an, sich um mich zu kümmern. »Ich werde mich nicht nach Mathilde erkundigen, das verspreche ich Ihnen, ich werde Ihnen keinen Kummer machen«, sagte sie, »aber wenn Sie mir ab und zu mal von ihr erzählen, wäre ich wirklich glücklich.«

In der Agentur arbeitete ich viel. Der Erste am Morgen, der Letzte am Abend. Abends kam ich erschöpft nach Hause, machte mir das Essen warm, das Madame Josée für mich gekocht hatte, dann fiel ich ins Bett. Ich verlor an Gewicht. Ich alterte. Eines Morgens hatte ich weiße Haare auf den Pfoten, ich rasierte sie ab. An einem anderen Morgen erhielt ich einen Brief von Moniques Anwalt, der die Scheidung beantragte. Und an den Wochenenden fuhr ich nach Maing, zur Seniorenresidenz Jeanne de Valois. Dort besuchte ich Dumbo, der im Gemeinschaftsraum saß, inmitten der anderen. Der Ratlosen. Der Reglosen. Der aus sich selbst Geflohenen – oder, im Gegenteil, der, die sich in sich vergraben hatten. Neben dem Geruch nach Reinigungsmittel nahm ich die schrecklichen Gerüche der Selbstaufgabe war, von Urin, Kot, bitterem Schweiß. Dumbo saß immer am Fenster, ein bisschen abseits, in einem Rollstuhl. Er schien seiner Umgebung gegenüber absolut gleichgültig, Geräuschen, Bewegungen, Wärme, Kälte. Er rührte sich nicht, und hätten seine Lider nicht geflattert, so hätte man glauben können, er sei tot. Während der ersten Wochen konnte ich nicht anders, als zu weinen, wenn ich durch den Raum ging und dann unendliche Minuten hinter ihm stehen blieb, bevor ich wagte, mich zu zeigen. Und als ich es endlich wagte, als meine Tränen endlich versiegt waren, beugte ich mich zu ihm, so nahe, dass unsere Nasen sich berührten, und jedes Mal erhoffte ich das Wunder. Dieses Etwas. Ein Funkeln in den Augen. Eine Bewegung auf den Lippen. Ein Klicken. Irgendetwas. Vielleicht ein Wort, eines Tages, wie in einem Traum, ein Name, drei Silben, mein Name. Aber es kam nie etwas. Ich brachte ihn dann aus diesem Schmerzenssaal hinaus. Bei schönem Wetter gingen wir auf den Parkplatz, ich stellte ihn in die noch kühle Frühlingssonne und wartete, ich vergewisserte mich, dass er nicht fror, zog die Decke hoch, wenn sie rutschte, und von Zeit zu Zeit winkte mir die Direktorin von ihrem Fenster aus zu. Einmal kam sie herunter. »Sie können mit ihm sprechen, wissen Sie«, sagte sie. »Vielleicht reagiert er nicht auf das, was Sie sagen, aber Ihre Stimme ist wie eine Musik, und wenn man Musik hört, steigen manchmal Dinge, Bilder wieder an die Oberfläche, und außerdem wird es Ihnen guttun, mit ihm zu sprechen, glauben Sie mir.« Viele Wochen wusste ich nicht, was ich meinem Vater sagen sollte. Ich begann langsam. Ein paar Worte. Ein paar Sätze. Das Wetter in Paris. Die Laster auf der Autobahn. *Der Liebhaber*, der jetzt in den Kinos lief und den ich noch nicht gesehen hatte. Ein neuer Camembert mit einem blutroten Etikett. Meine Scheidung. Der Roman, den ich dir schulde und den ich gerade schreibe, Papa. Ich bin gerade auf der Suche nach dem Schluss. Ich hätte gerne etwas Schönes. Ein Wunder, das ein Kind bewirken könnte, auch wenn du nicht daran glaubst. Eine Versöhnung. Aber Dumbo reagierte auf keinen einzigen meiner Sätze. Ich versuchte, mich der verrauchten Stunden in seinem Überschallwagen zu erinnern; suchte nach den Worten, die er damals gemocht hatte, und entdeckte mit Erschrecken, dass wir all diese Jahre über praktisch nicht miteinander gesprochen hatten. Nur der Rauch seiner Gitanes war aus seinem Mund gedrungen, und die Rauchspiralen hatten den Kummer gemalt, zu dem sein Leben bereits geworden war.

Die hohen Mauern der Residenz verdeckten rasch die Sonne, daher rollte ich ihn rein, dann war es Zeit für die Tabletten, die Spritzen, die Zeit für alle Ängste. Dort gab ich ihn preis, überließ ihn der ersten Krankenschwester, die vorbeikam, entschuldigte mich kaum einmal, streifte flüchtig mit den Lippen das Haar meines Vaters und floh mit klopfendem Herzen, rannte zu meinem Mercedes auf dem Parkplatz, wo ich mich einschloss – wie ein Kind, das sich in seinem Zimmer einschließt, um das Elend seines Kummers zu verbergen.

Dort auf dem Parkplatz sollte mich eines Tages *das Mädchen, das auf dem Auto saß*, erwarten.

Zum Ende des Winters hin machte das Mädchen mit dem Herzen aus Stein am Felsen fest, wie eine Muschel. Sie ging fort, ihren Sohn unter dem Arm, einen großen Koffer in der Hand. Sie verließ unsere Mutter; verließ die süßen Gerüche wegen beißenden Geruchs. Sie empfand keinen Kummer, auch keine Freude. Sie zog in das Haus, wo die Fotos derer, die von einer Fischgräte umgebracht worden war, überall herumlagen wie Staub. Sie machte keinerlei Bemerkung, räumte sie nicht in einen Karton. Sie wartete ab, schon jetzt resigniert; so wie es die Geliebte gewesen war. Das war's, unsere ererbte Feigheit und ein Leben, das zu schwer ist, um sich allein der Last zu entledigen. Wir brauchen Flügel. Der Fels würde zu den Deckflügeln von Claire werden. Die Flügel von Hadrien waren ihre Rettung und ihr Untergang. Und der Einbeinige hätte seine für die Geliebte ausbreiten sollen.

Zum Ende des Winters hin wurde unsere Familie endgültig zerstückelt, und unsere Mutter stand zum tausendsten Mal allein da. Auch wenn sie sich dagegen wehrte, war sie deprimiert. Ich versuchte, den Engländer wiederzufinden, aber nach Auskunft des Sekretariats der theologischen Fakultät von Lille war er nach Afrika zurückgekehrt, diesmal nach Benin, nach Bohicon.

Ich fuhr mit meiner Mutter für ein Wochenende nach Le Touquet.

Wir stiegen im Hotel Westminster ab. Wir liefen lange schweigend am Strand entlang. Sie rauchte viel. Als wir umdrehten, obwohl wir bereits den Strand von Cucq erreicht hatten und starker Wind aufgekommen war, lächelte sie zum ersten Mal. »Das erinnert mich an einen schrecklichen Sturm hier, vor etwa zwanzig Jahren. Er tobte seit Tagen, aber wir sind trotzdem rausgegangen. Ich hatte euch alle drei mit langen Seilen angebunden, wie Hundeleinen, und wir sind auf den Deich hinausgegangen. Irgendwann ist dein Bruder davongeflogen, er ist über die Brüstung gesegelt, ist auf dem Sand gelandet, der Wind ließ ihn hüpfen, aber ich habe ihn gehalten, das Seil hat gehalten, und er ist bei uns geblieben. Du hattest deine Schwester bei der Hand genommen, ihr habt versucht, gegen den Wind zu rennen, deine Schwester ist hingefallen, und die Windböen haben sie ein paar Meter weit geschubst. Ihr habt gebrüllt. Ich habe gebrüllt. Außer uns vieren war niemand anderes draußen, selbst dein Vater hatte es nicht gewagt, rauszugehen; mein seidenes Kopftuch war davongeflogen wie ein Drachen, und plötzlich haben wir losgelacht, wir haben uns alle vier an den Händen gehalten und sind gegen den Wind angelaufen, wir haben einen Schritt getan, einen ersten Schritt, dann einen zweiten, und wir waren stärker als er. Stärker als der Wind! Was waren wir stolz! Und dann sind wir nach Hause gegangen, diesmal den Wind im Rücken, und da hatte ich wirklich Angst, dass deine Schwester wegfliegen würde.« Sie schwieg, versuchte, sich eine neue Zigarette anzuzünden. Ich legte die Hände auf ihre, um die kleine Flamme des Feuerzeugs vor dem Wind zu schützen. Sie nahm einen tiefen Zug. »Das bedeutete für mich, eure Mama zu sein«, sagte sie, »euch daran zu hindern, wegzufliegen, und euch einzufangen, wenn ihr weggeflogen wart.« Sie hustete. »Hadrien habe ich nicht einfangen können. Ich schäme mich so. Ich bin seine Mama und weiß nicht einmal, ob er glücklich war, ob er wusste, dass wir ihn so sehr geliebt haben. Wie sagt man seinem Kind, dass man es liebt?« Ich trat näher an sie heran, legte ihr den Arm um die Schulter. »Claire wird ein kleines Leben ohne Liebe führen.« Ein glühender Tabakkrümel flog ihr ins Haar, sie schnipste ihn mit einer müden Bewegung weg. »Und du, Édouard, verpfuschst alles, was du zustande bringst.« Sie schniefte leicht. »Bedeutete es also das, eure Mama zu sein: Die Leinen reißen zu lassen?«

Der Sand flog um uns herum, stach in die Augen, setzte sich in unsere Münder, aber das war nicht der Grund, weshalb sie schwieg und ich nichts sagte. Sie hatte das schmerzhafteste Schuldgeständnis abgelegt, das von einer Mutter verlangt werden kann.

Ich wusste, dass es von jetzt an kein Wort mehr gab, um sie die Lust am Leben wiederfinden zu lassen. Keinen Satz mehr. Nichts mehr. Bis auf eine Sache.

Die Liebe.

Das wird das Ende meines Romans sein.

Ich sah meine Töchter in den ersten Frühlingstagen wieder.

Monique hatte nicht gewollt, dass ich sie früher traf. »Sie sind seit deinem Weggang schon genug durcheinander, verstärken wir das nicht durch schmerzhafte Abschiedsszenen jedes Mal, wenn ihr euch seht.« Ich hatte ihnen geschrieben; wir hatten telefoniert; sie hatten mir diese schrecklichen Porträtfotos aus der Schule geschickt, jene kitschigen Bilder, auf denen die Kinder immer dümmlich aussehen, verkrampft, verklemmt und die einem die Schulen zu einem horrenden Preis verkaufen und die man zu kaufen gezwungen ist, sonst denken die Süßen, dass man sie nicht hübsch findet.

Monique setzte sie bei Angelina ab, dem Salon de Thé an der Porte Maillot; sie überließ sie mir für eine Stunde, gerade genug Zeit, um ein paar Einkäufe zu erledigen. Sie waren gewachsen. Die Haare von Mathilde waren dunkler geworden, die von Jeanne ganz hellblond geblieben. Sie ähnelten einander nicht und auch mir nicht. Sie kamen Hand in Hand, beide in tabakfarbenen, rosagesäumten Baumwollkleidchen; man hätte meinen können zwei kleine Kennedys, zwei Bilder, die direkt einer *Vogue Bambini* entsprungen waren. Wir umarmten uns. Es gab keine Gefühlsausbrüche, kein Geschmuse, keinen Überschwang. Es war höflich. Eine Kellnerin brachte die Karten. Sie bestellten beide einen

Africain, wie die heiße Schokolade dort heißt. »Das trinken wir immer mit Mama«, sagte Jeanne, »wir liiieben es, aber keinen Kuchen, weil der dick macht, und Mama sagt, es ist schreeecklich, wenn man dick ist.« Ich sah meine Töchter an; schon jetzt meine kleinen Fremden. Ich hatte mir tausend Fragen überlegt, und plötzlich war ich sprachlos. So. Sie liiieben Africains, sie finden es schreeecklich, dick zu sein, sie sind wie in Modemagazinen angezogen, sie sind fünf und zwei Jahre alt, in dem Alter leinte meine Mutter uns an, um uns bei sich zu behalten, und sie sind höflich. Die Kellnerin brachte die kochendheiße dicke Schokolade für sie, ein Kännchen Kaffee für mich, dann entfernte sie sich, und es herrschte einen Augenblick Stille. Als wir uns entschieden, wieder zu sprechen, machten Mathilde und ich gleichzeitig den Mund auf, weshalb wir lachen mussten. »Na los«, sagte ich. »Nein, nein, du, sag du zuerst«, sagte sie. »Ich bitte dich, Mathilde, fang an.«

»Bist du unser erster Papa?«

Rums. Voll getroffen.

»Weil Mama nämlich sagt, David *(der Sprinter)* ist unser zweiter Papa.«

Da haben wir's. Der Sprinter hatte einen Geschwindigkeitsrekord gebrochen. Kaum war ich in der Weihnachtsnacht gegangen, war er angerannt gekommen. Wie früher, wie immer. Als Monique sich nach Mathildes Geburt zu ihrer Mutter geflüchtet hatte, war er herbeigerannt, um sie zu trösten, das weiß ich jetzt.

Ich lachte. Meine Töchter sahen sich an, beschlossen, ich sei verrückt geworden. Ich lachte über mich, ich lachte über meine Naivität, über die Summe meiner Dummheiten, meiner Anmaßungen, meiner Verblendung. Ich lachte über mich, und es war ein Lachen der Erleichterung, so klar wie ein Abschied.

»Alles in Ordnung, Papa?«, fragte Mathilde leicht besorgt.

Alles in Ordnung, meine Süßen. Euer Papa ist der König der Idioten. Seine Sünden haben ihn blind gemacht. Geht wieder zu eurer Mama, schmust mit euerm Sprinterpapa, bittet ihn, dass er euch beibringt, wie man schnell rennt, um vor der Scheiße zu fliehen; seid glücklich, ich weiß nicht, wie das geht, ich muss alles wieder lernen, ich muss mich jetzt um meinen Papa und meine Mama kümmern, sie brauchen mich, ich muss einen hübschen Schluss schreiben, ich habe keine Zeit, euer Papa zu sein, ihr fehlt mir, und ich liebe euch so sehr.

»Alles in Ordnung, Papa?«

Ich wischte mir mit der steifen Damastserviette des berühmten Salon de Thé über die Augen.

»Alles in Ordnung, mein Liebling, ich bin ein bisschen erschöpft.«

»David hat zu Hause alle Fliesen im Bad neu gemacht, in Gelb, das ist sehr schön«, sagte Jeanne. »Und er baut vielleicht ein Schwimmbad.«

»Sei still«, befahl ihre große Schwester. »Das wissen wir doch noch gar nicht, Mama hat das noch nicht entschieden.«

Und das war alles.

Ihre Mutter erschien in der Tür; in dem Augenblick, als meine Töchter sie sahen, sprangen sie von ihren Stühlen, ihre Servietten fielen zu Boden, Jeanne warf in ihrer Hast meinen Kaffee um, beide gaben ein »auf Wiedersehen, Papa« von sich, so dahin, ins Leere, und rannten auf das Gelobte Land zu.

Den Brief hatte mir Anna Nasse nachgeschickt. Der Anwalt, der die Familie des unglücklichen Regenwurmfolterers vertrat, auf den der Körper unseres Bruders gefallen war, zeigte sich offen für einen Handel. Ein Prozess würde lang und für die Familie schmerzhaft werden, *der Kummer verschwindet nicht vor Gericht*, schrieb er, die Versicherungen seien bereit, die Dinge zu beschleunigen, sofern wir uns nicht gegen die weiße Anstalt wandten, *vermeiden wir die Presse, Skandale, Unverständnis, unsere Kinder sind nicht wie die anderen, wir wissen nicht, warum Ihres gestürzt ist, schweigen wir, lassen wir die Trauerzeit uns heilen*, kurz, hundertfünfzigtausend Francs wären angemessen.

Der Chef der Agentur willigte ein, mir fünfzehntausend Francs als Prämie dafür zu geben, dass ich den *Cœur-de-Lion*-Camembert-Auftrag an Land gezogen hatte. Ich gab die dunkle Zweizimmerwohnung in der Rue du Docteur Heulin zugunsten eines winzigen Zimmers in der Rue Trouillet in Clichy auf. Am Vorabend meines Auszugs machte der Weinhändler den Göttertrank aller Göttertränke auf. »Den musst du probieren, mein Junge, ein 80er Figeac, ein Premier Grand Cru.« »Sie sind verrückt«, sagte ich. »Nein, du bist verrückt«, widersprach er, »verrückt, das Viertel zu verlassen, verrückt, dein früheres Leben zu verlassen, und was immer du sagen magst, ich liebe Verrückte.« Madame Josée war auch dabei, sie nippte an ihrem Glas, um den Göttertrank aller Göttertränke zu kosten. »Sie mag keinen Wein«, sagte der Weinhändler, »deshalb trinke ich für zwei.« »Eher für sechs«, flüsterte sie, und wir lachten und prosteten uns zu und tranken. Der Figeac war ein phantastischer Saint-Émilion, dicht, kraftvoll, körperreich. Später weinte Madame Josée. »Ich weiß, dass Sie diesmal nicht zurückkommen werden«, sagte sie, »da liegt etwas Neues in Ihren Augen, sie wirken heller, als liege eine Schicht auf Ihren Pupillen oder als wäre irgendwas abgefallen, als hätten sie sich gehäutet.« »Jetzt hör doch auf so zu reden«, schimpfte ihr Weinhändlerbruder, »du siehst doch, dass die Tränen dem Jungen die schönen Augen gewaschen haben, jetzt wird er die Dinge anders sehen. Aber sag mal, Schwesterchen, könnte es sein, dass du dich ein bisschen verguckt hast in den Burschen?« Wir lachten alle drei, unsere Augen glänzten lange, wir umarmten uns und gaben uns Versprechen, die wir nicht halten würden, aber an die wir eine Stunde noch, eine Nacht glauben wollten. Drei Flaschen später zog der Weinhändler mühsam seinen eisernen Rollladen hoch, die wohltuende Kühle der Nacht überraschte uns.

Ich ging zu Fuß zu meinem Zimmer. Zwölf Quadratmeter. Ein Waschbecken. Eine Chemietoilette hinter einem Vorhang. Ein Fenster, das auf eine Mauer hinausging. Feuchtigkeit. Madame Josée hatte darauf bestanden, ein letztes Mal bei mir zu putzen. Sie hatte das Linoleum geschrubbt. Das Waschbecken entkalkt. Mit Reißzwecken Gardinen am Fenster befestigt. Und sie hatte einen Ficus auf den Tisch gestellt. Ich legte mich vollständig angezogen auf das kleine Bett, das ich am Vortag hatte liefern lassen, und zum ersten Mal in meinem Leben fühlte ich mich leicht. Ich verdiente eine Million Francs im Jahr, aber das große Haus im Schatten einer romanischen Kirche aus dem 11. Jahrhundert, die Kosten für die Seniorenresidenz Jeanne de Valois, die hundertfünfzigtausend Francs für den Regenwurmmörder (die nach einer langen Diskussion darüber, was das Leben eines Kindes wert ist, das den eigenen Lebensunterhalt nie verdient hätte, auf hundertzwölftausend verringert wurden), die Kleider und die Africains von Mathilde und Jeanne, das Schwimmbad des Sprinters, die Laura-Ashley-Sofas, das Gehalt von Marilda Cortès und die Rache von Monique überwältigten alles.

Ich hatte alles verloren.

Plötzlich lächelte Dumbo.

Wir waren in seinem Zimmer. Er saß in dem kleinen Sessel an der Tür, ich saß ihm gegenüber auf dem Bett. Mit der Zeit waren die Worte zurückgekommen. Ich hatte ihm vom Leben dort, in der Ferne, in Paris erzählt; von unserem zerrissenen Leben; von Claire und Yves, die langsam ein neues, ruhiges und sicherlich glücklichen Leben kennenlernten, ohne Fisch noch Täubchen, deren Mittelfüße, Rippen und andere kleine Knochenfortsätze sich als Gefahr erweisen können; ich hatte ihm von dem Treffen bei Angelina erzählt, von meinen Töchtern, den Africains und den schreeecklichen Kuchen, die dick machen, ich hatte ihm erzählt, dass ich meinen Töchtern an jenem Tag nicht hinterhergerannt war, sie nur hatte weglaufen lassen, unerbittlich, wie verrinnendes Wasser in einem Abflussloch, und dass ich sie verloren hatte.

Ich hatte ihm von unserem Leben erzählt, und er hatte sich nicht gerührt.

Diesmal brachte ich Fotos von Mathilde und Jeanne mit, zwischen die ich eines meiner Mutter gesteckt hatte. Es war ein Bild, das aus den Jahren der Bretagne-Ferien stammte, den Jahren der jungfräulichen Cousins, in denen unsere Mütter Campari als Aperitif tranken; den großen Jahren der Geliebten, den Jahren, in denen sie bei Tagesanbruch lachend und mit glänzender Haut nach Hause kam, überzogen von den Gerüchen von Salz, Tabak und Sex, während ich versuchte zu schreiben, sie in Erstaunen zu versetzen, sie alle in Erstaunen zu versetzen. Auf diesem im Haus aufgenommenen Bild trägt sie eine Sonnenbrille, sie hält eine Zigarette in der linken Hand, ihr Haar ist nach hinten gekämmt; ihr Mund ist fleischig, man könnte meinen, eine Frucht.

Plötzlich lächelte Dumbo.

Als ich wieder auf dem Parkplatz stand und rauchte, war ich durch und durch glücklich. Ich fühlte mich mit einem Mal sehr ruhig, ein See kam mir in den Sinn. Ich dachte an die Gewitternacht, die einen goldenen Baum in Bobis Schultern pflanzte; diese Sekunde, in der man weiß, dass der Schmerz vergeht.

Später, als ich in den Mercedes stieg, fuhr ein Auto auf den Parkplatz und parkte auf der anderen Seite. Zwei Frauen stiegen aus, zu denen sich bald die Direktorin gesellte. Sie redeten einen Augenblick zu dritt, dann trennten sie sich; zwei begaben sich in die Gerüche des Vergessens, die jüngste setzte sich auf die Motorhaube des Wagens.

Es war ein schöner Tag. Die Autobahn war frei. Wenige Laster.

Aus dem Autoradio ertönten die letzten Hits, *Remember the time* von Michael Jackson, *Don't let the sun go down on me* von Elton John und George Michael oder *Petite Marie* von Francis Cabrel und dann eine Sondermeldung. Jean Poiret war gestorben. Der Renato Baldi aus *Ein Käfig voller Narren* würde nicht mehr plappern. Inspektor Lavardin war einem Herzanfall erlegen. Ich stellte das Radio aus. Ich wollte keinen Toten an meiner Seite.

Ich hatte die Wände des winzigen Zimmers in der Rue Trouillet weiß gestrichen. Ich war wieder zu IKEA gefahren, um ein Billy-Regal, einen kleinen Tisch und einen Stuhl zu kaufen. Als befände ich mich wieder in der Zeit der fiebrigen Stunden in der Rue de Wazemmes, als ich die Bücher von Gomez-Arcos, Beckett, Dalens und anderen verschlang und mich, auf dem Boden sitzend, vergeblich abmühte, meines zu schreiben, bevor Monique aufkreuzte und den Lauf meines Lebens veränderte.

Außer dem großen Haus in jenem Dorf im Vexin français im Schatten einer kleinen romanischen Kirche aus dem 11. Jahrhundert forderte ihr Anwalt zwei Millionen Francs, also sechzehntausendsechshundert Francs pro Monat über zehn Jahre hinweg, sowie Alimente von siebentausendfünfhundert Francs für jede unserer Töchter.

Zu dieser Zeit änderte sie ihren Vornamen. Sie warf Monique mitsamt ihrem obszönen Reim fort und wählte den Namen Jade; Jade, was so viel bedeutet wie »leidenschaftliche Person, die von ihrem Willen angetrieben wird und in der Lage ist, ihre Vorstellungen sanft, aber auch auf machiavellistische Weise geltend zu machen«.

Mein Anwalt war fatalistisch. »Sie kommen ja gut zurecht, zahlen Sie. Zahlen Sie und vergessen Sie das alles. Sie sind jung, Sie können noch mal von vorn anfangen.« Ich war zweiunddreißig, hatte weiße Haare an den Schläfen, ich wohnte in einem feuchten Zimmer ohne Bad, ohne Telefon, ohne Fernseher; ich hatte eine Arbeit, die ich mochte, um die ich beneidet wurde, die Kunden schenkten mir Gehör, meine Teams hatten Talent und unsere Kampagnen Erfolg.

Eines Abends nahm ich eine Praktikantin mit nach Hause. Als ich die Tür in der Rue Trouillet öffnete – nachdem ich ihr die Beifahrertür meines Mercedes geöffnet hatte –, wich ihr mit einem Schlag das Blut aus den Wangen; und als sie schrie: »Was macht denn ein Typ wie du, ein Creative Director, in so einem Loch?«, wusste ich nichts zu antworten. »Was muss dein Leben trist sein, wenn du so tief gefallen bist.« Als sie die Tür hinter sich zuschlug, fegte der Luftzug die letzten Worte, die sie gerufen hatte, ins Zimmer.

Da nahm ich die herumschwebenden Wörter in die Hand, zermalmte sie, bis sie zu Staub wurden. Diese wenigen Wörter fassten diesen Teil meines Lebens zusammen.

Nicht weit von dem Zimmer in Clichy gab es ein Antiquariat. Dort ging ich jeden Samstag vorbei und kaufte irgendetwas, von Hadley Chase bis Edith Wharton. Meine Zimmergenossen.

Am letzten Samstag im Oktober sprang mir ein Name auf dem Umschlag eines kleinen Buches in die Augen. Thérèse Moncassage. Ich überflog den Klappentext. Eine Mutter schrieb über das Drama, das sich 1981 ereignet hatte, als ihr Sohn das Feuer auf seine Schulkameraden eröffnet und sechs Menschen erschossen hatte. *Ein Massaker* war zwei Jahre später erschienen, als ich in Brüssel lebte. Ich kaufte es und setzte mich auf die erstbeste Caféterrasse, um es zu lesen. Thérèse Moncassage erzählte kurz von der eigentlichen Tat, den acht Schüssen, die ihr Sohn abgegeben hatte, den siebenunddreißig Kugeln, die ihn stoppten. Sie erzählte von dem Chaos, als sie plötzlich die Mutter eines Mörders war. Ein Ungeheuer, weil sie eines zur Welt gebracht hatte. Im zweiten Teil des Buches hatte sie zu verstehen versucht, wer ihr Sohn gewesen war. Sie hatte nichts gefunden. Keine Schulfreunde. Keine Freundin. Gerade einmal ein paar Worte in einem Brief, den er ihr aus dem Internat geschrieben hatte.

Ich habe keinen Freund, schrieb er. Alle machen sich über meine Größe lustig, meinen Bart, sie haben mir den Spitznamen Todeskuss gegeben. Einen aus der

Sechsten mag ich ganz gern. Er wurde wegen Schmierereien geschnappt. Der Generalpater dachte, ich hätte ihm geholfen. Ich habe die Schuld auf mich genommen, um sein Freund zu werden.

Das war alles. Thérèse Moncassage vermutete den Grund für die Tat ihres Sohnes in dem großen Schmerz über zu große Einsamkeit. So einfach war das, schloss sie, so einfach.

Als ich das Buch zuklappte, zitterte ich. Wäre es möglich gewesen, dass Worte, die ich ausgesprochen hätte, einen Riesen aus der Achten von seiner Einsamkeit geheilt und sechs Menschen vor dem Tod gerettet hätten?

Schließlich konnte ich meine Mutter überzeugen. Sie bestimmte den Tag. Sie bestimmte die Zeit. Sie machte zur Bedingung, dass ich sie *auf der Stelle* zurückbrächte, wenn irgendetwas nicht stimmte, wenn sie ohnmächtig würde, wenn sie fliehen wollte oder ein Detail nicht ertragen könnte, einen Geruch, ein Bild, einen Blick, egal was. »Ich verspreche es dir, Mama, bei der geringsten Geste, die du machst, gehen wir, verschwinden wir.« »Ich habe ja gesagt, aber ich kann immer noch nein sagen«, präzisierte sie ein wenig besorgt.

Wir trafen an einem Dienstag um fünfzehn Uhr in der Residenz Jeanne de Valois ein. Sie war der Ansicht gewesen, das sei die beste Zeit, nach dem Mittagessen mit seinem unvermeidlichen Gesabber und vor dem Baden mit den ungeduldigen, teilweise bereits entblößten Leibern. Es war November. An diesem Tag schien die Sonne. Als ich auf den Parkplatz einbog, standen dort zwei andere Autos, und auf der Motorhaube eines von ihnen saß ein Mädchen. Sie rauchte, und der Rauch, der sich aus ihrem Mund emporschwang, zeichnete ihr einen hübschen Hut. Sie grüßte mich. Ich grüßte zurück, und für einen kurzen Moment schlug mein Herz schneller.

Ich half meiner Mutter aus dem Auto. Sie zitterte. Ihre Nägel drückten sich mir in den Arm, sie klammerte sich an mich, um die Kraft zu finden, aufzustehen, ein paar Schritte zu tun, dann blieb sie stehen und sah mir in die Augen. »Ich habe Angst, Édouard, du kannst dir nicht vorstellen, wie große Angst ich habe.« »Alles wird gut gehen, du wirst sehen.« Sie fuhr sich mit der Hand übers Gesicht. »Ich habe jetzt weißes Haar, ich bin eine alte Frau, er hat mich fast fünfzehn Jahre nicht mehr gesehen, er wird mich nicht wiedererkennen.« »Mama«, sagte ich ganz leise, »er erkennt sein eigenes Gesicht nicht mehr.« Meine Mutter atmete tief durch. Ihre Lippen zitterten. »Ich habe Angst, ihn nicht wiederzuerkennen.« Eine Träne glänzte in ihrem Auge, eine stählerne Perle. »Er war so schön, so schön.«

Ich legte ihr den Arm um die Taille, und wir gingen hinein. Sie zuckte vor Widerwillen zusammen.

Zwei Greise im Rollstuhl kamen auf uns zu, sie hatten rote Augen und lächelten wie Kinder. Einer von ihnen streckte die Hand aus, um uns zu berühren. »Tag«, sagte er, »Tag, Tag, Tag, Tag.« Der andere lachte, verbarg das Gesicht. Etwas weiter weg saß eine sehr alte Frau mit nacktem Oberkörper und kratzte sich die schlaffen, flachen Brüste. »Sollen wir gehen?«, fragte ich. Sie antwortete nicht. Wir gingen in den ersten Stock hinauf, bis zu Dumbos Zimmer, ohne jemandem zu begegnen. Die Tür war angelehnt. Meine Mutter hielt meinen Arm zurück, als ich die Tür öffnen wollte, und machte dieselbe Geste wie an jenem Morgen in Beg-Meil, als sie noch die Geliebte war und von einer Nacht *woanders* zurückkam, jene Geste, die so schrecklich erotisch war: Sie schob – mit derselben verwirrenden Sexualität – die heraushängenden Strähnen weißen Haars unter ihr seidenes Kopftuch zurück. Dann trat sie ein.

Man hatte Dumbos Sessel ans Fenster gestellt. Er drehte sich nicht zu uns um. Draußen, im Garten, saßen andere Kranke auf Bänken oder liefen umher; hinter ihnen zeigten die kahlen Felder goldenen Glanz.

Ich ging zu ihm, beugte mich hinab, umarmte ihn, wie ich es jetzt gewohnt war, und daraufhin hob er den Kopf und sah mich an. »Ich bin mit Mama gekommen«, sagte ich, und meine Stimme war ein wenig heiser. Ich verschob den Sessel, sodass mein Vater ins Zimmer sah. Jetzt trennte nur das Bett meine Eltern. Ein Meter, wenn überhaupt.

Meine Mutter stand da und sagte nichts. Sie sah ihn lange an, versuchte, unter der Maske seiner Abwesenheit die Züge seiner Schönheit wiederzufinden; sie fand die blasse Farbe seiner Augen wieder, die Form der Nase, die der jetzt weniger straffen, trauriger gezeichneten Lippen; sie suchte den Körper, den sie geliebt und verloren hatte, unter dem jetzt aufgedunsenen, willenlosen; eine Sekunde lang schloss sie die Augen, und ich spürte, dass ein Wirbelsturm von Bildern sie überwältigte und erstickte und sie beinahe zum Schwanken brachte: ihre nackten, schönen, stolzen Körper, ihr Lachen, der Wind auf ihrer beider Gesichter, in ihrem roten Haar, auf seiner blassen Haut, ihr unermessliches Gefühl von Freiheit, die Freude von Überlebenden, lange vor all dem, vor dem Unglück, den auf dem Boden zerbrochenen Wörtern, dem geflohenen Verlangen.

Als sie die Augen wieder öffnete, sah mein Vater sie an. Sein gesamter Körper wirkte verzerrt, schien sich angespannt zu haben. Er schien plötzlich schmaler, markanter. Ja, er sah sie an. Und sein Blick war lebendig. Da geschah das Erstaunliche. Meine Mutter knotete ihr Kopftuch auf, ließ es auf die Schultern gleiten; ihr weißes Haar wirkte wie eine Krone, sie lächelte ihn an, da begannen die Lippen meines Vaters zu zittern, sie zitterten immer stärker, einen Augenblick glaubte ich an einen Schwächeanfall, aber sie öffneten sich und ließen ein Wort auffliegen.

»Danke.«

Mein Vater sah meine Mutter an, und er dankte ihr. Meine Mutter fuhr sich mit der Hand an den Mund, unterdrückte ein Schluchzen, dann ging sie um das Bett herum, das sie trennte, setzte sich darauf, ihm gegenüber, nahm seine Hände. Und mein Vater, der nicht mehr redete, wiederholte das eine Wort:

»Danke.«

Ich ließ sie allein. Am Automaten beim Eingang holte ich mir einen großen Kaffee.

Draußen auf dem Parkplatz zündete ich mir eine Zigarette an, meine Finger zitterten. *Das Mädchen, das auf dem Auto saß*, sah mich und winkte. Ich winkte zurück und ging näher. Alles an ihr war schön. Ihr Gesicht. Ihr Blick. Ihr Mund. Die Art, wie sie saß, mit übereinandergeschlagenen Beinen, die Füße auf der Stoßstange, den Oberkörper sehr aufrecht, die Art und Weise, wie sie ihre Zigarette hielt, ihr Lidschlag, der wie in Zeitlupe schien, wenn sie den Rauch inhalierte, und die Eleganz, mit der sie leicht ihren Hals beugte, wenn sie ihn ausstieß. Alles war schön an ihr. Bis zur Zartheit ihrer ersten Worte.

»Ich habe Sie erwartet.«

Mit ihrer freien Hand pochte sie leicht neben sich auf die Motorhaube, und ich ging und setzte mich neben sie. Unter meinem Gewicht gab die Karosserie nach, sie lächelte. Wir sagten nichts.

Ich hielt ihr meinen Kaffeebecher hin, sie trank ein paar Schlucke, und das war das Erste, was wir teilten.

Später gab sie mir ihre Zigarette, es war eine Silk Cut. Ich nahm ein paar Züge, verzog das Gesicht, wir lachten, und das war das Zweite und das Dritte, was wir teilten.

Die Wintersonne lag auf uns; mild, behaglich, ein

Geschenk. Sie schloss die Augen, streckte der Sonne ihr schönes Gesicht entgegen. Ich sah sie an und hatte kein anderes Verlangen, als sie anzusehen. Plötzlich war ich erfüllt, gesättigt; ergriffen von einem unbekannten Gefühl. Aber ich hatte keine Angst.

Dumbo hatte sich geirrt. Kinder sind zu Wundern fähig. Sie können vereinen. Sie können wiedervereinen.

Dann rief meine Mutter meinen Namen.

Sofort ließ ich mich von der Motorhaube gleiten, bis meine Füße den Boden berührten, und *das Mädchen, das auf dem Auto saß*, wandte mir anmutig den Kopf zu und lächelte, und das war der Anfang von allem.

Das Auto rauschte über die Autobahn Richtung Lille. Auf France Musique verzauberte die Pianistin Tatiana Shebanova mit neuer Sehnsucht die Etüde op. 10 Nr. 3 von Chopin, die manchmal den Titel *L'intimité* trägt.

»Glaubst du, es sähe schrecklich aus, wenn ich mir die Haare färben ließe?«, fragte die Geliebte.

»Ich glaube nicht.«

»Ihr Männer habt Glück, euch steht weißes Haar.«

Ich lächelte.

»Er ist dicker geworden.«

»Ja.«

»Aber seine Augen sind noch dieselben.«

»Katzenaugen.«

»Katzenaugen.«

Sie wandte den Kopf zu den schwarzen Feldern. »Er hat schon ganz schön was abbekommen. Obwohl, das tun wir alle. Aber er ist noch er.«

»Hat er dir noch etwas gesagt?«

»Er hat nie viel geredet, das weißt du.«

Ich zuckte mit den Schultern. »Renn, du hast noch fünfzig Sekunden, um ihn zu kriegen.«

»Was redest du da?«

»An dem Tag, als er mir sagte, dass er dich verlassen hätte, tat er das fünfzig Sekunden vor Abfahrt meines Zuges ins Internat.«

»Ich werde ihn wieder besuchen, Édouard. Ich werde ihn nicht davonfliegen lassen, nicht so wie Hadrien.«

»Du warst eine richtige Mama.«

Ich hatte den Eindruck, sie unterdrückte eine Träne und schrieb das der Melancholie des Polen zu.

»Sie ist hübsch.«

Mütter sehen alles.

»Ja.«

Wir erreichten Croix.

Ich setzte sie vor ihrer Haustür ab, bevor ich mich wieder auf den Weg nach Paris, zu dem feuchten Zimmer, den bösen Worten, den antiquarischen Büchern, den kurzlebigen Dingen machte.

Sie stieg aus dem Auto, dann beugte sie sich zu mir. »Ich weiß nicht, wie es um deinen Roman steht, Édouard, aber du hast uns gerade etwas geschrieben, was schöner ist als ein Buch.«

Ich sah sie an, außer mir.

Ich sah, wie ihre Lippen ein letztes Wort bildeten. Dasselbe, das mein Vater ein paar Stunden zuvor zweimal ausgesprochen hatte.

Sie schloss die Wagentür. Ganz behutsam, so wie man ein Buch zuschlägt, das man gerade beendet hat.

Dann verschwand sie im Dunkel der Eingangshalle ihres Wohnhauses.

Ich startete den Wagen und fuhr Richtung Autobahn. Ich folgte nicht den Straßenschildern nach Paris. Ich beschloss, einen anderen Weg einzuschlagen.

Endlich.

In etwas mehr als einer halben Stunde würde ich Maing erreichen. Es würde Nacht sein. Ich würde den Mercedes auf dem Parkplatz der Seniorenresidenz

Jeanne de Valois abstellen, und wenn *das Mädchen, das auf dem Auto saß*, nicht mehr da wäre, würde ich auf sie warten.

Ich würde die Schlüssel wegwerfen. Und ich würde auf sie warten.

Dank

Ewigen Dank an Jean-Louis Fournier. Mein Buch verdankt ihm das Leben.

An Karina Hocine, die über das größte aller Talente verfügt: Das Talent, anderen welches zu verleihen.

An Claire Silve, die in diese Seiten eingegangen ist wie ein Sonnenstrahl.

An Fatia, meine so anrührende Leserin, eines Morgens im Treppenhaus der Rue Jacob 17.

An Emmanuelle Hauguel, die die Welt verschönert, sobald sie sie betrachtet.

Und schließlich an Dana, der alles gewidmet, für die alles bestimmt ist. Ja, sie ist *das Mädchen, das auf dem Auto saß.*

Grégoire Delacourt
Das Leuchten in mir
Roman
Aus dem Französischen von Claudia Steinitz
272 Seiten, gebunden
ISBN 978-3-455-00273-7

»Delacourt ist ein großartiger Roman mit psychologischer Tiefe gelungen.«
Le Figaro

Emma ist vierzig und seit achtzehn Jahren mit Olivier verheiratet. Sie haben drei Kinder, es könnte nicht besser sein. Dass etwas Entscheidendes in ihrem Leben fehlt, merkt Emma erst, als in einer Brasserie ihr Blick auf den von Alexandre trifft. Sie weiß sofort Bescheid. Für ihn wird sie alles riskieren, alles aufgeben, koste es, was es wolle.
Der Bestsellerautor Grégoire Delacourt erzählt in seinem neuen Roman über eine große Leidenschaft, die Zerbrechlichkeit unserer Existenz und die Stärke der Familienbande, die mehr auszuhalten vermögen, als es den Anschein hat.

»Man liest Delacourt so gern, weil er seine Figuren liebt und doch weiß, dass auch in der Liebe kein Versprechen auf Rettung liegt.«
NDR Kultur

Grégoire Delacourt
Die vier Jahreszeiten des Sommers
Roman
Aus dem Französischen von Claudia Steinitz
192 Seiten, gebunden
ISBN 978-3-455-60041-4

Ein Sommer am Strand in Nordfrankreich: Sonne, Meer, Dünen und Bars. Hier treffen vier Paare ganz unterschiedlichen Alters aufeinander: zwei Teenager im Rausch der ersten Liebe, eine 35-Jährige auf der Suche nach einem neuen Glück, eine gelangweilte Hausfrau, die sich ins Abenteuer stürzt, und ein altes Ehepaar, das sich noch genauso liebt wie am ersten Tag. All diese Menschen begegnen sich, ohne zu wissen, dass ihre Geschichten eng miteinander verwoben sind und ihre Schicksale sich gegenseitig beeinflussen. Bis es während des Feuerwerks zum französischen Nationalfeiertag zu einem dramatischen Höhepunkt kommt.
Grégoire Delacourt hat eine Hommage an die Liebe und an den Sommer geschrieben, die einmal mehr zeigt, dass die großen Gefühle ganz unabhängig von Alter und Lebensphase sind.

»Delacourt erzählt so packend wie berührend von großen Gefühlen und kleinen Dramen, dass sogar bekennende Nicht-Romantiker an diesen Liebesgeschichten Gefallen finden dürften.«
freundin